जादू टूटता है

जादू टूटता है

कैलाश बनवासी

ISBN : 9789386534736

प्रथम संस्करण : 2019 © कैलाश बनवासी

JADOO TOOT-TA HAI (Stories)

by Kailash Banwasi

राजपाल एण्ड सन्ज़

1590, मदरसा रोड, कश्मीरी गेट, दिल्ली–110006

फ़ोन : 011–23869812, 23865483, 23867791

e-mail : sales@rajpalpublishing.com

www.rajpalpublishing.com

www.facebook.com/rajpalandsons

क्रम

जादू टूटता है

"**स**र, क्या मैं अंदर आ सकता हूँ?''

प्रिंसिपल ने बैंक जाकर स्कूल के फ़ंड से पैसे निकलवाने के लिए मुझे अपने कक्ष में बुलवाया था। प्राचार्य चेक साइन कर चुके थे। तभी कमरे का परदा ज़रा-सा हटाकर भीतर आने की इजाज़त चाहता वह खड़ा था।

प्राचार्य ने इशारे से उसे आने की अनुमति दी। वह भीतर आ गया, आभार में केवल मुस्कुराता ही नहीं, हाथ जोड़े हुए।

''हाँ, कहो... ?''

मैं भी समझ रहा था, शायद अनाथ आश्रम के लिए चंदा माँगने आया हो। स्कूल में अक्सर ऐसे लोग आते रहते हैं सहयोग माँगने। सबूत के तौर पर अपने पास किसी अधिकारी द्वारा प्रमाणित पत्र को जिलेटिन कवर में रखे हुए। और प्रिंसिपल आर.के. सिंह जो बहुत होशियार प्रिंसिपल माने जाते हैं, ऐसे लोगों को तुरंत चलता कर देते हैं, ''अरे, जाओ यार किसी सेठ-साहूकार को पकड़ो! ये सरकारी संस्था है कोई धर्मार्थ संस्था नहीं!'' पर ये ऐसे ढीठ होते हैं कि उनका दोटूक जवाब सुनकर भी चिरौरी करना नहीं छोड़ते और रेलवे स्टेशन के भिखारियों की तरह एकदम पीछे पड़ जाते हैं। पर उनके सामने दाल आखिर तक नहीं गलती। मैं माने बैठा था, इसका भी यही हाल होगा। बैरंग वापस।

''सर...मैं स्कूल-स्कूल जाकर अपना खेल दिखाता हूँ।'' ऐसे मौके पर शायद सबसे कठिन होता है पहला वाक्य कहना और उसने अपने अभ्यास के चलते इस 'बाड़' को पार कर लिया था। ''सर, इससे बच्चों का मनोरंजन हो जाता है। सर, मैं पिछले कई साल से ये कर रहा हूँ। आपके स्कूल में भी बच्चों को दिखाना चाहता हूँ। सर, कृपा करके मुझे अनुमति दीजिए...।'' वह अब तक हाथ जोड़े खड़ा था, उसी तरह याचक भाव से मुस्कुराता हुआ।

वह एक निहायत दुबला-पतला आदमी था। पिचके हुए गाल में कटोरे जैसे गड्ढे थे। रंग कभी गोरा रहा होगा पर अब तो उसका हल्का आभास ही बाकी है। वह, कब का रंग छोड़ चुकी एक ढीली शर्ट पहने था। कंधे पर एक थैला लटकाए। उमर पैंतीस-चालीस के बीच रही होगी लेकिन दिखता अड़तालिस-पचास का था। ग़रीबी और अभाव समय से पहले आदमी को कैसे बूढ़ा कर देते हैं, वह इसका जीता-जागता नमूना था। देश के लाखों अभावग्रस्त लोगों की मानिंद।

मुझे तो बिलकुल उम्मीद नहीं थी, पर प्रिंसिपल को न जाने क्या सूझा कि आगे पूछ लिया, ''अच्छा, क्या-क्या करतब दिखाते हो?''

''अरे, बहुत कुछ सर,'' वह सर की सहमति से एकदम बच्चों की तरह उत्साहित हुआ और अपने थैले से निकालकर एक पुरानी-सी फ़ाइल दिखाने लगा, जिसमें अखबारों की कतरनें चिपकायी गयी थीं। प्राचार्य के साथ मैं भी उसकी फ़ाइल देखने लगा। उसी से मालूम हुआ कि उसका नाम लक्ष्मण सिंह है, पिथौरा निवासी। फ़ाइल में ज़्यादातर स्कूलों से उसे मिले प्रशस्ति पत्र थे। कुछ प्रशस्ति पत्र विधायकों और मंत्रियों के भी थे। प्राय: सभी में उसके करतबों को अच्छा, मनोरंजक और आकर्षक बताते हुए उसके उज्ज्वल भविष्य की कामना की गयी थी।

''आज कौन-सा दिन है... ?'' प्रिंसिपल ने मुझसे यों ही पूछने के लिए पूछा। यह तो वे अपने सामने रखा टेबल कैलेण्डर देख के भी जान सकते थे, किंतु जब आपका कोई अधीनस्थ साथ हो तो काम ऐसे भी किया जाता है।

''सर, शुक्रवार,'' मैंने बताया।

''यानी कल शनिवार है। तो आप कल दोपहर बारह बजे के आस-पास आ जाइये। पर एक बात है, तुम अपने करतब की आड़ में कोई चीज़ तो नहीं बेचोगे?...ताबीज़ या और कुछ... ?''

''नहीं सर। बिलकुल नहीं,'' उसने एकदम यकीन दिलाया, ''अपना ऐसा कोई धंधा नहीं है, सर। अपन खाली अपना सरकस दिखाते हैं।''

प्रिंसिपल ने उसे अनुमति दे दी।

लक्ष्मण सिंह कृतज्ञता से एकदम झुक-झुक गया, ''बहुत-बहुत धन्यवाद सर !...बहुत-बहुत धन्यवाद! मैं कल टाइम पे आ जाऊँगा, सर...।''

वह हाथ जोड़े-जोड़े कमरे से चला गया।

मैं बाद में देर तक इस बारे में सोचता रहा—लक्ष्मण सिंह आखिर इतना दीन-हीन क्यों रहा हमारे सामने? वह अपना खेल दिखाएगा, बच्चों का मनोरंजन करेगा, इसके बदले में कुछ पैसे बच्चों या देखनेवालों से पा जाएगा। प्रिंसिपल की सहमति ज़रूरी है। पर इस छोटी-सी बात के लिए इतनी कृतज्ञता? जैसे इसी 'हाँ' पर उसका भविष्य टिका हो! वह भी एक कलाकार होकर! या फिर उसकी कला में कहीं कोई कमी है जिसे वह कृतज्ञता से ढँकने की कोशिश कर रहा है? लेकिन लगा कि मैं कितना ग़लत और एकांगी सोच रहा हूँ! लगा, वह इस सिस्टम को मुझसे कहीं ज्यादा बेहतर जानता है जहाँ बैठा हुआ हर अधिकारी अपने 'ईगो' को लेकर बीमारी की हद तक ग्रसित रहता है और उन्हें कुछ ऐसी ही तरकीबों से खुश किया जा सकता है, क्योंकि बदले में आप उसको कुछ पैकेज या गिफ़्ट तो नहीं दे रहे हो जो आज काम करवाने का नियम ही बन चुका है। उनके ईगो को संतुष्ट करके ही आप उनसे काम ले सकते हैं। स्कूल-स्कूल घूमने के बाद लक्ष्मण सिंह को यही अनुभव हुआ हो और उन अनुभवों ने ही उसे नाजुक डाली के समान लचीला बना दिया हो। लेकिन एक मन कहता था कि नहीं, वह कलाकार है और उसे अपनी और अपनी कला की गरिमा बना के रखनी चाहिए, जितना भी हो सके। वह कोई सड़कछाप भिखारी नहीं है। वह अपनी कला दिखलाकर बदले में कुछ पाता है। पर उसका सलूक मैं पचा नहीं पा रहा था जो मुझे रेल के डिब्बों में झाड़ू लेकर फ़र्श बुहारने वाले अधनंगे भिखारी लड़कों की तरह का लगा था, जिनके चेहरे, हाव-भाव सब में एक स्थायी दयनीयता चस्पां होती है, जो हर मुसाफ़िर के पास घिसटते हुए पहुँचते हैं—रुपए-दो रुपए के लिए हाथ फैलाते।

पर मैं बेवकूफ़ भूल बैठा था कि वह इस दुनिया में अकेला नहीं है, कि उसका परिवार है जिनके पेट भरने की रोज़ की ज़िम्मेदारी उसके सिर पर है, और महज़ कला जान भर लेने से पेट नहीं भर जाता। उस कला को सबके सामने लाने का और उससे कमा लेने का हुनर भी चाहिए होता है और ज़रूरी नहीं कि हर कलाकार को यह हुनर आता ही हो।

∼

दूसरे दिन वह समय पर आ गया था। अपने परिवार के साथ। पत्नी और तीन बच्चे, जो उसकी खेल दिखाने वाली टीम के सदस्य भी हैं और एक पुरानी साइकिल जिसमें उसका खेल का सामान बंधा था।

यह जुलाई के आखिरी दिन थे, इसके बावजूद आज बारिश के आसार नहीं थे, हालाँकि आकाश में सलेटी बादल छाए हुए थे और दिन कबूतर के पंख की तरह सुरमई और कोमल था। मौसम का यह रूप हमारे स्कूल के लिए बहुत अच्छा था। इसलिए कि यह छोटे-से गाँव का एक छोटा स्कूल है, जहाँ छठी से दसवीं तक की कक्षाएँ लगती हैं। गिने-चुने कमरे हैं। बच्चों के बैठने के लिए अलग से कोई हॉल नहीं है। स्कूल के सारे कार्यक्रम लाल बजरीवाले खुले प्रांगण में ही होते हैं। बरसात होने पर कार्यक्रम रद्द।

भगवान का शुक्र था कि बरसात के दिन होने के बावजूद मौसम खुला था।

स्कूल के बच्चे और स्टाफ़ प्रतीक्षा कर रहे थे कार्यक्रम शुरू होने की। बच्चे इसलिए खुश थे कि आज पढ़ाई नहीं होगी और खेल देखने को मिलेगा, वहीं स्टाफ़ इसलिए कि आज पढ़ाना नहीं पड़ेगा और अधिकांश शिक्षक ऐसे हैं जिनके लिए नहीं पढ़ाना इस पेशे का सबसे बड़ा सुख है।

स्टाफ़-रूम में लक्ष्मण सिंह हमसे मिलने आया। आते ही उसने सभी शिक्षकों को प्रणाम किया। उसके साथ पाँचेक बरस का एक नन्हा और सुंदर बच्चा था, जिसकी आँखों में काजल की मोटी रेखा थी, गालों में रूज़ की लाली के दो गोले और माथे पर लाल टीका।

''अरे, सर-मैडम लोगों को नमस्ते करो!'' उसने बच्चे से कहा।

बच्चे ने नमस्ते में हाथ जोड़ लिए।

मैंने उसे अपने पास बुलाया, पूछा, ''क्या नाम है तुम्हारा?''

''रामू जोकर।'' उसने सपाट भाव से कहा।

सुनकर मुझे एक धक्का लगा। पाँच-छह बरस की नन्ही उम्र। नाम रामू जोकर। जोकर। जैसे अभी से उसका भाग्य तय हो गया हो कि आगे क्या बनना है। वह इतनी छोटी उम्र में अपने पिता के साथ काम कर रहा है। अभी शायद उसे काम शब्द का मतलब भी नहीं मालूम। उसके लिए अभी काम भी बस एक खेल है। वह खेल की तरह यह काम कर लेता होगा। उसके चेहरे पर कातरता नहीं, अपनी उम्र की स्वाभाविक मासूमियत थी और यही बात गनीमत

लगी मुझे। पर जैसे-जैसे वह दुनिया को जानने लगेगा, सीखने लगेगा जीने के एक ज़रूरी गुण के रूप में। कला के साथ-साथ इस 'गुण' का विरासत में मिलना उसके प्रति एक घोर अन्याय लगा था मुझे। साथ ही यह भी लगा कि इस अपराध में लक्ष्मण सिंह के साथ हम सब शामिल हैं उसके बालपन की हत्या करके उसे सिर्फ़ एक पालतू और उपयोगी जानवर बनाने में। वह कल इसका अभ्यस्त हो जाएगा और इसी निरीहता के साथ जीता रहेगा, यह जाने बगैर कि उसके भी कुछ अधिकार हैं, कि दुनिया के करोड़ों लोग इन अधिकारों के साथ जीते हैं।

मुझे गुस्सा आया था लक्ष्मण सिंह पर। लेकिन अंततः मैं कर ही क्या सकता था? मेरे सोचने भर से क्या होता है? घर-परिवार चलाने का भार लक्ष्मण सिंह को ही ढोना है। कैसे? यह उसे ही तय करना है। मेरे भावनात्मक रूप से यूँ पसीजने का कोई अर्थ नहीं था।

बीच मैदान में लक्ष्मण सिंह ने अपना डेरा जमाया। उनके चारों ओर बच्चे जमा हो गए। एक अपेक्षाकृत छाँवदार जगह में प्रिंसिपल और शिक्षक-शिक्षिकाएँ कुर्सियों पर।

उसकी सूखी मरियल देह वाली पत्नी ढोलक बजाती थी और ज़ोर-ज़ोर से कुछ गाती जाती थी। अपनी किसी भाषा में जो हम सबकी समझ से परे थी। पता नहीं वह उड़िया गाती थी कि तेलुगु या फिर असमिया। कभी लगता यह मराठी है तो कभी लगता कन्नड़। शायद यह संथाली थी या शायद गोंडफ या हल्बी या ऐसी ही कोई आदिवासी भाषा जो इस दुनिया से बहुत जल्द खो जाने वाली है। ढोलक की थाप के साथ उसके रूखे भूरे बाल बार-बार सामने आ जाते थे। पता नहीं वह क्या तो गा रही थी पर लगता था जैसे अपनी आत्मा को झिंझोड़कर गाते हुए वह लगातार हमसे कुछ कहने की कोशिश कर रही है, किंतु हम जो उसकी भाषा से सर्वथा अनजान थे, कुछ नहीं समझ पा रहे थे सिवाय उसकी ढोलक के चीखते-से धपड़-धपड़ के। बीच-बीच में उसकी आठ साल की बेटी अपनी पतली आवाज़ में कुछ अजीब लय में 'औ-ओऽ ओऽ ओऽऽअ' करके अपनी माँ के सुर में सुर मिलाती थी मानो उसके कहे का समर्थन करती हो। इस दौरान नन्हा रामू जोकर ज़मीन पर बार-बार गुलाटियाँ खाता रहा और बच्चे हँसते रहे। सबको नमस्कार करके

लक्ष्मण सिंह ने अपना खेल आरंभ किया। उसने अपनी ढीली कमीज़ उतार कर वहीं गाड़े डंडे पर लटका दी। बनियान में वह दुबला-पतला ज़रूर नज़र आ रहा था लेकिन कमज़ोर या कातर कतई नहीं। बल्कि कमीज़ उतारते ही एक गज़ब की चुस्ती और फुर्ती न जाने कहाँ से उसकी देह में आ गई थी, जैसे कमीज़ ने जाने किन कारणों से उसकी क्षमता को अब तक दबा के रखा हो। अब वह हमारी आँखों के सामने एक के बाद एक करतब-दर-करतब दिखलाता जा रहा था। सबसे पहले एक रस्सी में उसने कुछ गठान लगाए और दूसरों से उसे खोलने को कहा, जब हममें से कोई उसे नहीं खोल सका तब उसने उसे पलक झपकते खोल दिया। उसके पास एक काठ की चिड़िया थी जिसे वह बाँस की एक कमची में फँसाकर जैसा चाहे वैसा उड़ा सकता था। उसके हाथ में आते ही हम काठ की चिड़िया को सचमुच की चिड़िया की तरह अपने सामने उड़ता देख रहे थे और उसके पंखों की फड़फड़ाहट हमारे कानों में गूँज रही थी। यहाँ तक कि उसकी चीं-चीं की मीठी आवाज़ भी हम सुन सकते थे। बच्चों ने एकदम खुश होकर तालियाँ बजायीं। लक्ष्मण सिंह ने इसके बाद अपनी छाती पर एक साथ चार ट्यूब लाइट्स फोड़ीं। उसकी छाती जैसे बिलकुल पत्थर की थी जिससे टकराने के बाद ज़ोर-से फटाक् की आवाज़ के साथ ट्यूब के गैस और काँच का चूरा बिखर गया। बच्चों ने फिर तालियाँ बजायीं। इसके बाद उसने अपने दस साल के दुबले बेटे को ज़मीन पर लिटा दिया और उसकी छाती पर एक के बाद एक तीन बोल्डर अपने सब्बल से फोड़ता चला गया। उसका बेटा करतब के बाद एक झटके से यों उठ खड़ा हुआ मानो नींद से अभी-अभी जागा हो। फिर ज़ोरदार तालियाँ बजीं। इसके बाद लक्ष्मण सिंह ने अपने सीने पर रखकर दीवाली वाला एक बड़ा बम फोड़ा। धमाके से पूरा स्कूल गूँज उठा और चारों तरफ धुआँ ही धुआँ भर गया। धुआँ छँटने के दौरान लोगों ने देखा लक्ष्मण सिंह अपनी देह की धूल-मिट्टी झाड़ता हुआ उठ खड़ा हुआ है और उसे एक मामूली खरोंच तक नहीं आयी है। बच्चों ने इस बार भी तालियाँ बजायीं। उसे सचमुच कुछ नहीं हुआ था और अब सबको यकीन हो गया था कि लक्ष्मण सिंह को कुछ नहीं हो सकता, भले ही उसके शरीर पर घावों के जाने कितने ही निशान थे जो उसे इन खेलों के दौरान ही मिले हैं। घावों के ये काले-नीले निशान सबको

काफ़ी दूर से भी साफ़ नज़र आते थे। इसके बाद लक्ष्मण सिंह ने अपना एक और 'पेशल' आयटम पेश किया। उसने 10mm की एक बड़ी लोहे की छड़ हमको देकर इसे मोड़ने को कहा। यह हम सबके बूते से बाहर की बात थी। मैडम लोग तो शर्मा के हँसने लगी थीं। सबने उसे छूकर, उलट-पलटकर देखा कि कहीं किसी जगह से बैण्ड तो नहीं या कोई और चालाकी की बात तो नहीं। लेकिन हम उस रॉड में कुछ भी खराबी नहीं ढूँढ सके। वह लोहे की एक सीधी-सपाट और किसी आदिम चट्टान की तरह सख्त मज़बूत छड़ थी। लक्ष्मण सिंह ने जब इस मज़बूत रॉड—जिसे हम चार लोग मिलकर भी ज़रा-सा नहीं मोड़ पाते—को केवल अपने गले की हड्डी के बल पर मोड़ देने का असंभव-सा दावा किया, तो उसके बहुत शक्तिशाली लगने के बावजूद हमने उसके इस हैरतनाक दावे पर भरोसा नहीं किया। रॉड का एक सिरा उसने ज़मीन में थोड़ा गड्ढा करके गाड़ा और उसके दूसरे सिरे को रखा अपने गले पर। चोट न लगे इस एहतियात से उसने गले और रॉड के बीच कुछ मोड़ तहाकर अपना रूमाल रखा। उसने अपने शरीर से ज़ोर लगाना शुरू किया। पैर के पंजों को बेहद सख्ती से ज़मीन पर जमा लिया। इस अत्यधिक बल से उसकी देह की तमाम नसें एकबारगी यों फूल गयीं जैसे अभी-अभी किसी ने उनमें हवा भर दी हो। खासतौर पर उसके गले, भुजाओं और माथे की उभरीं नीली नसों के जाल को हम साफ़-साफ़ देख पा रहे थे। और वह अपने गले की हड्डी से, पैरों से ज़ोर पे ज़ोर लगाता जाता था। एक पल को लगा, रॉड उसके गले को भेदकर पार निकल जाएगी। लक्ष्मण सिंह अपनी देह की समूची ताकत से जूझ रहा था। वह जैसे अपने सामने के किसी पहाड़ को ठेल रहा हो। देह से पसीने की धार छूट रही थी। उसकी मटमैली बनियान कब की पसीने से बिलकुल तर हो चली थी। और अचानक ही, जाने कैसे इस बमुश्किल पाँच फुट हाइट वाले आदमी का कद हमारे सामने बढ़ता ही जा रहा था और अब उसकी ऊँचाई स्कूल के छज्जे को छू रही थी। उसके गले के उस हिस्से में, जहाँ रॉड धंसी थी, पहले लाल चकते पड़े फिर ये निशान गहरे हुए, फिर खून की कुछ बूँदें सब लोगों ने छलछलाती देखीं। लक्ष्मण सिंह मानो अपनी ज़िंदगी दाँव पे लगाकर पूरी ताकत झोंके हुए था, इधर उसकी पत्नी द्वारा बजायी जा रही ढोलक पर थाप की गति एकदम बढ़ गई थी और इसी के साथ उसके

गाने की लय भी तेज़ हो गई थी जिसे समझ पाने में हम अब भी सर्वथा असमर्थ थे...और फिर कुछ देर तक सांस रोक देने वाले भय, रोमांच तनाव और सन्नाटे के बाद सबने देखा कि रॉड मुड़ रही है...बीच से...धीरे-धीरे... फिर वह क्रमश: मुड़ती चली गयी और इसी के साथ बच्चों की तालियों का शोर बढ़ता गया। फिर कुछ ही पल बाद हमने देखा कि रॉड बीच से मुड़कर अँग्रेज़ी के 'वी' आकार की हो गयी है! भले ही लक्ष्मण सिंह के गले में खून छलछला आया था, लेकिन हमने पाया कि स्कूल का पूरा आकाश उसकी इस अचंभित विजय पर तालियों की गड़गड़ाहट और खुशी के शोर से भर उठा है! और बहुत देर तक गूँज रहा है!

खेल खतम!

जादू टूटता है।

अब जो हो रहा है वह कोई करतब या कमाल नहीं है।

रामू जोकर के हाथ में एक खंजड़ी है जिसे उसने उल्टा पकड़ा हुआ है—दिए जाने वाले पैसों के लिए कटोरा बनाकर। उसके संग उसका बड़ा भाई भी घूम रहा है। गाँव के बच्चों और एकत्रित लोगों से दान माँगा जा रहा है। गाँव के सरकारी स्कूल में गरीबों के ही बच्चे पढ़ते हैं। बहुत से माँ-बाप अपने बच्चों को स्कूल भेजते ही इसलिए हैं क्योंकि यहाँ मध्याह्न भोजन मिलता है, जिससे उनके एक समय का भोजन बच जाता है। फिर भी जिससे जो बन पड़ा वह दे रहा था खुशी-खुशी।

स्कूल की आज की छुट्टी हो गई थी। बच्चे अपना बस्ता लिए घर लौटने लगे। प्रिंसिपल सहित हम सभी टीचर्स स्टाफ़-रूम में थे। सभी टीचर्स यहाँ शहर से आते हैं जो गाँव से पच्चीस किलोमीटर दूर है। सो सबको घर जाने की जल्दी थी।

लक्ष्मण सिंह स्टाफ़-रूम में हाथ जोड़े-जोड़े मुस्कुराता हुआ आया। सबसे दान या सहयोग जो चाहे कह लें माँगने। एक पल के लिए वह आज मुझे बिलकुल नया आदमी जान पड़ा था, अभी-अभी खतम हुए उसके खेल के कारण। पर ज़रा-सी देर में जान गया कि अब वह फिर कल वाला लक्ष्मण सिंह है, कृतज्ञता से भरा और इसी के बोझ से मुस्कुराता। प्राचार्य आर.के. सिंह ने उसे जब बीस रुपये दिए तो वह दबे स्वर में लगभग गिड़गिड़ाने लगा,

''सर बच्चों से भी यहाँ कुछ खास नहीं मिला, कम-से-कम आप तो...। सर पचास रुपया कर दीजिए...।'' प्रिंसिपल ने उससे कहा, ''अरे, हमने तुमको तुम्हारा खेल करने दिया यही बहुत है। बल्कि तुमको स्कूल को ही कुछ दे के जाना चाहिए...जैसे दूसरे लोग दे के जाते हैं। खैर। मैं अभी इससे ज्यादा नहीं दे सकता।'' प्राचार्य सिंह ठीक ही कह रहे थे, इसलिए कि अभी-अभी उनका काफ़ी खर्चा हो गया है मकान बनवाने में, यही कोई बीस लाख। उन्होंने कुछ दिन पहले ही हमको यह बताया था कि बिल्डिंग मटेरियल्स के रेट आसमान छू रहे हैं। तिस पर करप्शन! दस हज़ार रुपये तो उनको खाली मकान का नक्शा पास करवाने के लिए निगम के इंजीनियर को देने पड़े थे। फिर अभी भवन पूर्णता प्रमाण पत्र के लिए पाँच हज़ार की डिमांड है...। पर लक्ष्मण सिंह उनसे बहुत आग्रह कर रहा था, ''सर आप इतने बड़े आदमी हैं, कम-से-कम पचास तो...?'' लेकिन प्रिंसिपल आर.के. सिंह बहुत होशियार प्रिंसिपल यों ही नहीं माने जाते। वे टस-से-मस नहीं हुए।

लक्ष्मण सिंह अब मैडमों की तरफ बढ़ा। मैडम लोगों के लिए यह जैसे एक संकट की घड़ी थी। यहाँ चार मैडम हैं। उन्होंने मिलकर उसे बीस रुपये दिये। अब यह कहने की कोई बात ही नहीं है कि सबकी आमदनी अच्छी है और पति-पत्नी दोनों कमा रहे हैं। पर कोई क्या करे जब सब चीज़ों का खर्चा इतना बढ़ गया है। बच्चों के पब्लिक स्कूलों की पढ़ाई-लिखाई, सब्जेक्टवाइज़ ट्यूशन्स या डांस क्लासेज़..कितने तो खर्चे हैं। लक्ष्मण सिंह को निपटाकर वे अपनी-अपनी स्कूटी से निकल लीं।

लक्ष्मण सिंह मेरे पास आया तो मैंने उसकी मुट्ठी में तीस रुपये रख दिए। उसने मुस्कुराकर धन्यवाद दिया और बाहर निकल गया।

अब वहाँ प्रिंसिपल और मैं ही रह गए थे।

अभी हम कुछ बात कर पाते इससे पहले लक्ष्मण सिंह का बड़ा लड़का अपने छोटे भाई रामू जोकर के साथ अंदर आ गया। बड़े भाई ने शायद धंधे की कुछ चालाकी सीख ली है। उसने प्रिंसिपल के पैर पकड़ लिए एकदम..., ''सर, हम आपके पैर पड़ते हैं, दस रुपया तो और दे दीजिए सर...। हम माँ बच्चों के कुछ खाने के लिए दे दीजिए, सर...।'' वह सर के पैर से जोंक की तरह चिपट गया। उसने अपने छोटे भाई से भी साहब के पैर पकड़ने को बोला।

नन्हा रामू जोकर भी टेबल के नीचे से कैसे भी तो घुसकर उनके दूसरे पैर से वैसे ही चिपक गया। अब कमरे में विचित्र दृश्य था, दोनों लड़के प्रिंसिपल के पैर पकड़े गिड़गिड़ा रहे हैं...''सर...सर...।''

प्राचार्य उनको झिड़क रहे हैं, ''अरे छोड़ो...! ये क्या लगा रखा है? अबे छोड़ो!''

इधर ये दोनों थे कि उनके पैर छोड़ ही नहीं रहे थे—''बहुत भूख लग रही है, सर...भजिया खाने को दस रुपया दे दो!'' इधर प्राचार्य ने भी जैसे ठान लिया था कि इनको एक नया पैसा नहीं देना है। दोनों भाइयों ने जब कुछ नहीं मिलता देखा तो बोलने लगे...''सर, पाँच रुपया ही दे दो...! सर, पाँच रुपया...! सर...!'' दोनों बच्चे अब बिलकुल ऐसे भिखारी बन चुके थे जिनको देखने से पहले तो मन में अजीब-सी ग्लानि भर जाती है, फिर तीव्र घृणा।

प्रिंसिपल ने उन्हें काफ़ी गुस्से से देह में चढ़ आए किसी कीड़े के समान झटक दिया—''चलो हटो साले! पीछे ही पड़ गए हैं!'' और वे तेज़ी से कुर्सी से उठ खड़े हुए। मुझसे कहते हुए निकल गए कि स्कूल बंद करवा देना। मैं जा रहा हूँ और वे बाहर खड़ी अपनी कार स्टार्ट करके उसी तेज़ी से निकल गए।

हमारे स्कूल में चपरासी नियुक्त नहीं हैं, इसकी विवशता में बच्चों से ही दरवाज़े-खिड़कियाँ बंद करवा के ताला लगवाना होता है। मैं बाहर आया तो लक्ष्मण सिंह और उसकी पत्नी अपना माल-असबाब बहुत धीरे-धीरे समेट रहे थे। तीनों बच्चे भी वहीं बैठे थे। वे सभी बहुत थके हुए लग रहे थे।

मैंने कहा, ''लक्ष्मण सिंह, तुम सब अंदर स्टाफ़-रूम में बैठो। मैं तुम लोगों के लिए नाश्ता मँगवा रहा हूँ।''

स्कूल के वे दो-चार बच्चे जो स्कूल बंद करते हैं, रुके हुए थे। उनको नाश्ता लाने मैंने होटल भेज दिया।

ये दाग़-दाग़ उजाला

''भ्रष्टाचार राजसत्ता से छाया की तरह जुड़ा रहा है। राजसत्ता का क़द जितना बड़ा होगा, छाया उतनी बड़ी होगी। यह छाया छोटी तभी हो सकती है जब सामाजिक नैतिकता का सूर्य उसके सिर के ठीक ऊपर चमके।''
—अरुण कुमार त्रिपाठी ('मीडिया की चाँदनी में' शीर्षक लेख में से)

उस एक मंज़िला भवन के ऊपर काले बैक ग्राउंड पर बड़े-बड़े सफ़ेद हरफ़ों में लिखा हुआ है—'विकासखंड शिक्षा कार्यालय'। नीचे तहसील का नाम।

क्या महज़ इतने से किसी को भय हो सकता है? भय भी ऐसा कि हर बार हिम्मत टूट जाती हो, हर बार नये सिरे से ताकत बटोरने की ज़रूरत पड़ती हो? हर बार लगे कि तुम इनके सामने कुछ भी नहीं हो और सामने आते ही इनकी किसी अदृश्य आँच से तुम अनायास मोम के समान गलने लगते हो, धीरे-धीरे, फिर कुछ ही पल में इतने गल जाते हो कि तुम कुछ भी नहीं रह जाते! काया तुम्हारी रहती है लेकिन बिलकुल अस्तित्वहीन! बिलकुल बेजान! मुझे इस ताकतवर दुनिया से हमेशा भय लगता है। मुझे आश्चर्य होता है कि दूसरे लोग कैसे यहाँ आकर, अपना अस्तित्व गँवाकर खुश रह लेते हैं? जबकि बिना लिए-दिए और बाबुओं को पटाए यहाँ कोई काम नहीं होता! इस ऑफ़िस के लोग-अधिकारी से लेकर डेलीवेज चपरासी तक!—न जाने क्यों, खुद से बहुत बड़े-दैत्याकार लगने लगते हैं, असीमित बलशाली! यही वजह है कि यहाँ आते ही मेरा पसीना छूटने लगता है, मौसम चाहे सर्दी का हो। और वही अजीब-सा भय, वही रीढ़हीन, आत्महीन केंचुए-सा लिलिजापन और इनकी दया का मोहताज। इसी के साथ, यह खयाल भी दिलो-दिमाग में चट्टानी सख्ती से काबिज रहता है कि यहाँ जो हो रहा है, उसे बदल पाना नामुमकिन है। यहाँ के दो-चार बाबू तो 'एंटी करप्शन ब्यूरो' के छापे में रंगेहाथ पकड़े जाने

के बाद सस्पेंड हो चुके हैं, लेकिन कुछ समय बाद फिर बहाल हो गए और काम जैसे चल रहा था, वैसे ही चलता रहता है, कहीं कोई फ़र्क नहीं पड़ता।

मैं एक शिक्षक हूँ। इसी विभाग का एक अदना-सा कर्मचारी। यह हमारा कार्यालय है जहाँ ऑफ़िशियल काम होते हैं—सर्विस बुक संधारण और वेतन सम्बन्धी काम। इस कार्यालय में विकासखंड शिक्षा अधिकारी बैठते हैं। कहा जाता है कि वह यहाँ नेताओं की कृपा से बैठे हुए हैं। और उन्हें नियमित 'महीना' पहुँचाया जाता है। यहाँ बने रहने का यही तरीक़ा है और ये ठाठ से बने रहते हैं अपनी आरामदेह सीट पर। बरसों से जमे हुए। बेफिक्र! उन्हें कोई खतरा नहीं। सरकार या मंत्री के बदलने पर सेटिंग करने में माहिर हैं ये। उन्हें मालूम है, कभी कुछ हो-हवा गया तो मामला 'ले-देकर' निपट जाएगा। चिंता की क्या बात?

एक बनी-बनाई व्यवस्था चली आती है, निर्विघ्न। जैसे यही क़ायदा हो।

इस व्यवस्था में आपको भी इन्हीं के समान बनके रहना होगा। नहीं तो आप टिक नहीं पाएँगे!

मैं दूसरे ज़िले से तबादला कराके इस नगरनुमा तहसील में हाल ही में आया हूँ। पास के एक स्कूल में पदस्थ हूँ और यहाँ आने के बाद ही देख पा रहा हूँ यहाँ का माहौल। मुझे पता तो था लेकिन इतनी भर्राशाही होगी, कभी नहीं सोचा था।

जब ज्वॉइन किया था तो ज्वॉइन कराने वाले क्लर्क अवधिया बाबू ने मुझसे साधिकार 200 रुपये माँगे थे, ''इतना तो मिनिमम है और आगे जैसी आपकी श्रद्धा!'' और हँसने लगा था अपने अत्यधिक पान खाने से रचे कत्थई दाँत दिखाता हुआ। आस-पास की टेबल पर बैठे दूसरे बाबू और मैडम भी हँसने लगे थे। बगल के केबिन में साहब बैठे थे। सामने की टेबल वाले पटेल बाबू ने कहा था, ''देखिए सर, हम इतना भी नहीं लेते कि सामने वाला पीड़ित हो। यह तो हमारे आपस की हँसी-खुशी की बात है! आप आज से हमारे साथी जो हो गए।''

मैं हैरान देखता रह गया था। भ्रष्टों की मनुष्यता!

और चंद महीनों में ही जान गया कि यहाँ इन्हीं की चलती है। अवधिया बाबू, यादव बाबू, एकाउंटेंट पटेल बाबू, मैडम खेब्रागढ़े, मैडम कौर, नौजवान

क्लर्क रवि मिश्रा, चपरासी महेश, दुकालू...। ये सारे अब वे चेहरे हैं जिनकी हँसी भी मुझे डराती है। कुटिल हँसी!

यह ऐसी ही इमारत थी जहाँ आपको अपने हर छोटे-बड़े काम के बदले में रुपया देना पड़ता है और लोग देते हैं। उन्हें भी जैसे इसकी आदत हो गई है और वे इसका बुरा भी नहीं मानते, इसको लेके सवाल खड़े करना तो बहुत दूर की बात है। इनकी बनाई हुई व्यवस्थानुसार रहकर ही आप सहज रह सकते हैं। चाहे आपको अपना जी.पी.एफ. से पार्ट/फाइनल निकालना हो या एडवांस, अपने बढ़े वेतनमान की एरियर्स राशि निकालनी हो या प्रमोशन पर अपना नया वेतन फ़िक्सेशन, सब ले-देके ही होगा। यहाँ का रिवाज है।

रोज़ शाम को ऑफ़िस में ही बाबुओं-चपरासियों की महफ़िल जमती है। इनमें अक्सर विभिन्न कर्मचारी संगठनों के नेता भी शामिल होते हैं जो वास्तव में इनके एजेंट के तौर पर काम करते हैं। कई बार अखबारों के इनके 'पेट' पत्रकार बंधु भी...।

यह तो मुझे पता था भारत में सब कहीं भ्रष्टाचार है, सौ में निन्यानवे बेईमान फिर भी मेरा देश महान! कि भ्रष्ट देशों की लिस्ट में इसका नम्बर बहुत आगे है! पर यह संस्कार मानो हमारे खून में शामिल हो गया है। सारे लोग इसी सिस्टम के अंतर्गत काम करते हैं, मंत्री से लेकर संतरी तक। इसे रोकने-थामने का प्रयास कहीं दिखाई नहीं देता था। कोई क्या कर सकता है? फिर बिल्ली के गले में घंटी कौन बाँधे?

दिनाँक 08.07.07, रविवार, दोपहर।

समझ नहीं आता कहाँ से शुरू करूँ?

यह कोई कहानी नहीं है जिसे दिलचस्प भाषा और रूप देकर लिखा जाए! तनाव! गहरा तनाव! पिछले चार दिनों से। यह अभी-भी मुझ पर तारी है। जारी है। भीतर-भीतर बहता हुआ। शायद किसी हद तक बाहर से भी नज़र आता हुआ! यह तनाव मुझे बहुत बेचैन किए हुए है, इसीलिए कुछ राहत पाने कल धमतरी आ गया, अपने साढ़ू भाई के यहाँ। पत्नी के साथ। और अभी, जब यह तनाव असहनीय हो गया, तो पास की दुकान से कॉपी खरीदकर अपनी दशा लिख रहा हूँ। लिखना जरूरी है। बहुत जरूरी! वरना इस लगातार तनाव की यातना मुझे जकड़कर बिलकुल सुन्न कर देगी। यह सोचकर लिख रहा हूँ

कि यह लिखना मुझे मुक्त करेगा। कुछ रास्ता दिखाएगा, दुनियावी बनाएगा!

दुनियावी? यानी व्यावहारिकता? क्या वही 'व्यावहारिकता' जो हमारे तंत्र में हर जगह, हर कोने-अंतरे में काबिज़ है! विराट बरगदी-तंत्र पर अमरबेल की तरह छाया हुआ भ्रष्टाचार। इसके कीड़े किस कदर खतरनाक और संक्रामक हैं! जैसे दीमक लग जाए किसी चीज़ पर तो सब कुछ खोखला करता जाता है और लगातार कुतरकर उसे कचरे में तब्दील कर देता है। यहाँ की दुनियादारी या व्यावहारिकता भी क्या ऐसा ही दीमक नहीं है जो हमें 'उनके अनुकूल' बनने को बाध्य करती है? जो चल रहा है उसे वैसे ही चलते रहने दिया जाए? चुपचाप।

इस बीच अक्सर खुद को कोसता भी हूँ, साले, तुमको क्या पड़ी थी नरेन को ये सब बताने की! नरेन...यानी नरेन्द्र जोशी...मेरा पत्रकार मित्र, नगर के एक छोटे अखबार में काम करनेवाला। तब मैंने उसे बताया था तो बोला था, ''लाओ यार, छाप देते हैं।'' जब उसने कहा था तो यह उसके लिए दूसरी तमाम खबरों की ही भाँति एक खबर थी। इससे ज़्यादा कुछ नहीं। पत्रकारिता के दंद-फंद और खबरों की आड़ में वसूली वह भी करता है, लेकिन वह थोड़ा दुस्साहसी भी है। अपने भीरू मगर भ्रष्ट मालिक की नाराज़गी का जोखिम उठाकर भी वह कई बार सही खबरें छाप देता है। दरअसल, उस शाम, शबनम बार के उस हल्के लाल अंधेरे वाली टेबल पर, मैं उससे बहुत प्रभावित हो गया था जब उसने शहर के एक प्राइवेट हॉस्पिटल की एक आया की हत्या का मामला बताया था, जो उसी दिन की घटना थी...।

''आज पॉलीटेक्निक कॉलेज के लॉन में एक लाश मिली है। वो एक आया थी 'चिराग' हॉस्पिटल में। और बहुत खूबसूरत थी। पति उसको छोड़ चुका था। वह 28 साल की थी।...लाश के सामने नीला थोथा और एक-दो और न जाने कौन-कौन सी ज़हरीली दवाइयों की शीशियाँ रख दी थीं भाई लोगों ने कि ज़हर खाया है करके। जबकि साफ़...बिलकुल साफ़ हत्या का मामला था। अरे, ज़हर पीने के बाद क्या वो छटपटाई नहीं होगी? या ज़हर पीने के बाद आदमी ऐसे इतने आराम से मर जाता है? लाश के आस-पास की घास में भी साला दबने-उबने के निशान नहीं! साफ़ समझ आ रहा था कि लाश को कहीं से ला के चुपचाप रख दिया गया है। अपन ठीक है यार,

उसके मालिक से विज्ञापन लेते हैं, या कुछ वसूल लेते हैं, इसका ये मतलब थोड़ी है कि किसी गरीब पर अत्याचार होने दें? जानता हूँ मालिक इसको जाने नहीं देगा...या रोकने की कोशिश करेगा...पर मैं इस पर लिखूँगा! और लिख रहा हूँ। साली, पुलिस को जो कहना है कहती रहे...या कोर्ट बाद में अपना चाहे जो फ़ैसला दे...पर अपन अभी उसको छोड़ने वाले नहीं!''

मैंने उस हल्के लाल अंधेरे में भी नरेन की आँखों में उस गरीब आया के लिए सचमुच न्याय की तड़प देखी थी और इस चली आती व्यवस्था के खिलाफ़ गुस्सा देखा था—एकदम साफ़, पारदर्शी, चमकदार गुस्सा, जिसमें कोई झोल या बनावट नहीं होती और जो बहुत ठोस इरादे के बाद जन्म लेता है।

''अब यार वो किसी मजबूरी में वहाँ काम करती रही होगी...पति उसका छोड़ चुका था इसलिए कुछ शरीर की भी ज़रूरत रही होगी...और उसके मालिक...चोपड़ा...जे.के. चोपड़ा को सारे लोग जानते हैं...एक नम्बर का सीटबाज़ है!...लगाता रहा होगा उसको। कुछ लफड़ा हो गया होगा तो निपटा दिया होगा। साले बता रहे हैं कि उसने आत्महत्या की है! और कल को तुम देख लेना, साबित करेंगे कि वो बैड कैरेक्टर की थी! और किसी को कुछ नहीं होगा! सब ले-देके रफ़ा-दफ़ा कर दिया जाएगा।...चोपड़ा मुझसे कह रहा था जोशीजी, आ के पाँच हज़ार ले जाना...शक की सूई मेरे या मेरे हॉस्पिटल की तरफ़ नहीं होनी चाहिए...।'' नरेन अब बहुत कड़वे ढंग से हँसा था—''साला! अरे, पैसा ही सब कुछ थोड़ी है, यार! मुझको जहाँ फ़ाल्ट दिखेगा, उसी के बारे में लिखूँगा।'' फिर मुझसे मेरा हालचाल पूछा था तो मैंने अपने विभाग का किस्सा उसे बताया था और कहा था कि इस पर भी लिखो। फिर नरेन ने विस्तार से पूछा था ऑफ़िस के बारे में।

इसके तीसरे दिन ही उसने अपने चार पेजी अखबार के मुखपृष्ठ पर छाप दिया था, 'शिक्षा कार्यालय बना भ्रष्टाचारियों का अड्डा'! आगे उसने विस्तार से विभाग में हो रहे भ्रष्टाचार पर खुल के लिखा था, जिसमें विभाग के अधिकारियों और बाबुओं पर बगैर उनका नाम दिए निशाना साधा था।

पढ़ के सच कहता हूँ, मैं बहुत घबरा गया था। मुहावरे में कहूँ तो मेरी हवा बंद हो गई थी! मैंने इतने बेबाक, विस्फोटक और सीधे चोट करने वाले

समाचार की उम्मीद बिलकुल नहीं की थी और उसने विभाग का कच्चा चिट्ठा खोल दिया था !

थोड़ी देर बाद नरेन का फ़ोन आ गया था, ''मैंने जमके मार दी है सालों की। तुमको कैसा लगा ?''

...मैंने अपना डर उससे किसी तरह छुपाते हुए कहा कि बहुत ज़बरदस्त लिखा है। न जाने क्यों, मैं अपने मन में आकार लेते भय का ज़िक्र उससे नहीं कर सका था...शायद यह सोचकर कि वो क्या सोचेगा मेरे बारे में...कि तुम्हारे ही कहने पर लिखा हूँ...और तुम्हीं... ? मैं एक अजीब ढुलमुल स्थिति में आ गया था...समझ नहीं आ रहा था, जो हुआ वह अच्छा हुआ या बुरा ? मैंने नरेन से पूछा, ''इसके आधार पर अपना विभाग इन पर कोई कार्यवाही कर सकता है ?'' तो उसने बताया था, जो मेरे लिए नयी बात थी, कि प्रशासन का एक अमला सरकारी कामकाज की खबरों पर नज़र रखता है और इनकी कटिंग्स और रिपोर्ट्स विभाग के उच्चाधिकारियों को भेजता है। अगर ऊपर वालों को मामला संगीन लगे तो जाँच करते हैं या नोटिस भेजकर स्पष्टीकरण माँगते हैं। आगे उसने कहा, ''देखना, खबर पढ़ते ही साले दौड़े-दौड़े आएँगे !''

और मैं भय से भीतर-ही-भीतर भरने लगा। अगर कहीं से भी उनको यह भनक लग गयी कि इसके पीछे मेरा हाथ है, तो फिर वो छोड़ने वाले नहीं हैं। तब तो वे गुस्साए साँप की तरह फुंफकारते हुए अपने दुश्मन को ठिकाने लगा देंगे और इस काम में वो शातिर अपराधियों से किसी तरह कम नहीं ! क्योंकि उनकी व्यवस्थित दुनिया में मेरे द्वारा डंडा किया गया है और वे मुझे नहीं छोड़ने वाले। देर-सवेर अपने तरीके से निपटा के ही दम लेंगे !...और मेरे दिमाग में उन सब बाबुओं के क्रूर चेहरे चक्कर काटने लगे...बहुत भयानक होकर...,जो अपना नुकसान करने वाले को बहुत सरगर्मी से तलाश रहे हैं...।

सहसा मुझे ध्यान आया कि उस रात जब नरेन के साथ बार के बाहर निकला था तो मुझे गेट के पास नशे में झूमता रवि मिश्रा मिल गया था, इसी ऑफिस में साल भर पहले, अपने शिक्षक पिता की आकस्मिक मृत्यु के बाद अनुकम्पा आधार पर नियुक्त हुआ युवा क्लर्क, जिसका आजकल कौर मैडम के साथ खूब घूमना-फिरना चल रहा है...।

मैंने खबर को पता नहीं कितनी बार पढ़ा होगा ! कई-कई एंगिल से !

और हर बार इस बात पर केन्द्रित होकर कि कहीं इसमें मेरे बारे में कुछ भी धोखे से आ तो नहीं गया है? कोई संकेत या सूत्र...? पर मुझे थोड़ी राहत मिली थी कि ख़बर में अखबारी टेक्नीक का इस्तेमाल करते हुए 'विश्वस्त सूत्रों के हवाले से पता चला है' का जगह-जगह उपयोग किया गया था। जिस पर नरेन का कहना है कि इसे सामने लाने के लिए कोई बाध्य नहीं कर सकता। ये हम लोगों का विशेषाधिकार है। ज्यादा है तो साले हम पर केस करो। हम कोर्ट में खड़ा करेंगे अपना गवाह। तुमको अभी से क्यों बताएँ?

तीर कमान से निकल चुका है! अब तो जो होना होगा, होगा!

दोपहर बाद फिर नरेन का फ़ोन आ गया था। जबकि इधर मैं चाह रहा था कि वो मुझे फ़ोन मत करे। वह खुशी से चहकता हुआ बता रहा था, ''अरे, हड़कंप मच गया है, गुरु! ब्लॉक शिक्षा अधिकारी का फ़ोन आया था कोई दो घंटे पहले...अपने बचाव में कह रहा था कि ऐसा बिलकुल नहीं है, हाँ कुछ लोग थोड़ा-बहुत लेते हों तो नहीं कह सकता...। मैंने तो साफ़ कह दिया कि आपके कार्यालय के खिलाफ़ मेरे पास बहुत शिकायतें हैं...मैं अपनी पत्रकारिता हवा में नहीं करता!...और अभी तुम्हारे ऑफ़िस का कोई अवधिया बाबू आया था...जो साला बहुत पान खाता है!...वो उन शिक्षकों के नाम जानना चाह रहा था, जिन्होंने ये शिकायत की है...।''

नरेन मेरी मानसिकता से सर्वथा अनभिज्ञ बताता जा रहा था और मैं ज्यों-ज्यों सुनता जा रहा था, सुन्न होता जा रहा था, घोंघे की तरह अपने ही खोल में सिकुड़ने-दुबकने लगा था...अपने किसी अनिष्ट की आशंका से। कहीं रवि मिश्रा को मुझ पर शक तो नहीं हो गया होगा...और उसने कहीं बता दिया हो...? घबराहट होने लगी थी...पता नहीं क्या होगा...? मेरी सरकारी नौकरी...मेरी रोज़ी-रोटी का एकमात्र ज़रिया और एक तरह से बिलकुल चेक-जैक से दूर। कुछ हो-हवा गया तो बहुत भारी पड़ जाएगा!...मैं खीज रहा हूँ कि पहले ये सब क्यों नहीं सोचा! बैठे-बिठाए इन ताकतवर और पेशेवर खिलाड़ियों से दुश्मनी मोल ले ली! ये छोड़ने वाले नहीं हैं! मैं इन्हें बहुत अच्छी तरह से जान गया हूँ। किसी-न-किसी तौर से परेशान करेंगे। चार महीने वेतन लटका देंगे...और लिपिकीय त्रुटि बताकर पल्ला झाड़ लेंगे। फिर काटते रहो इनके आगे-पीछे चक्कर और ये बड़े मज़े से तुमको झुलाते रहेंगे!

इनका यही तरीका है।...मेरे एक परिचित बुजुर्ग शिक्षक शुक्ला जी का इनसे पंगा हो गया था तो उनके रिटायरमेंट के बाद उनकी ग्रेज्युटी, जी.पी.एफ. और पेंशन के सारे क्लेम तरह-तरह के बहाने-से अटका दिए थे...जानबूझकर! इन लोगों की ज़ात ही ऐसी है!

पिछले चार दिनों से मैं अपने-आप में गुम, इसी मसले पर सोच रहा हूँ। लगातार। कई-कई तरीके से। जैसे अब करने को मेरे लिए बस यही एक काम रह गया हो। दिलो-दिमाग में हर वक्त चलनेवाला स्थायी तनाव। एक ही चीज़ के बारे में किसी का लगातार सोचना उसे पागल नहीं बना देगा? इससे मैं बाहर निकलना चाहता हूँ। मगर कैसे? हर वक्त लगता है कि उनको जानकारी हो गई है कि इसी ने करवाया है...और अवधिया बाबू का चौड़ा-चकला, मक्कार-मुस्कान भरा चेहरा मेरी आँखों के सामने घूमता रहता है...। मैं उनके अगले कदम की प्रतीक्षा कर रहा हूँ।

लेकिन, मैं जितना ही इस तनाव से मुक्त होने की कोशिश करता हूँ उतना ही इसमें उलझता जाता हूँ। कभी-कभी एक कुटिल-सी खुशी भी भीतर रेंग जाती है कि सालों को अच्छा परेशान किया! पर ज्यादातर तो अपने संकट-ग्रस्त भविष्य के बारे में सोचता रहता हूँ...पता नहीं क्या होगा! इसीलिए तो थोड़ी राहत मिलने की सोचकर दो दिन के लिए यहाँ आ गया हूँ।

अपने-आप से बहुत खीज भी जाता हूँ—क्यों इतना नाहक परेशान हो रहा हूँ? क्या दुनिया में इससे पहले किसी ने अन्याय का विरोध नहीं किया? कि दुनिया में न्याय-व्यवस्था पूरी की पूरी मर नहीं गई है? कि अभी भी बची हैं उम्मीदें। प्रियंवद के उपन्यास *वे वहाँ कैद हैं* के बूढ़े दादू याद आते हैं, जो तमाम विपरीत स्थितियों के बीच भी कहते हैं—''देअर इज़ आल्वेज़ अ होप! आशा है कहीं-न-कहीं!'' महान कवि, उनके संघर्ष याद आते हैं। उनके बलिदान! नाइजिरियाई कवि वोल शोयंका जिसने अपने देश में मल्टीनेशनल कंपनियों की लूट के खिलाफ़ आवाज़ उठाई थी! अपने यहाँ रामप्रसाद बिस्मिल—''देखना है ज़ोर कितना बाजु-ए-क्रातिल में है,'' और पाश, जो कहता था—''हम लड़ेंगे साथी, हम लड़ेंगे कि लड़ने के बगैर कुछ नहीं मिलता!'' दुनिया में अन्याय के खिलाफ़ लड़ने वाले हमेशा रहे हैं।...मैं क्रमशः इसी तरफ बढ़ता रहना चाहता हूँ। मैं यह भी जानता हूँ कि इससे कहीं कोई क्रांति नहीं होने

जा रही! मेरे जरा-से व्यक्तिगत हितों को चोट क्या पहुँचनेवाली है, मैं उसी के डर के मारे थर-थर काँपे जा रहा हूँ मिर्गी के रोगी के समान! क्या निजी जीवन में लगने वाली इतनी-सी चोट भी हमें इस कदर डरपोक और कमज़ोर बना देती है? इतना विचलित कर देती है कि दिलो-दिमाग काम करना बंद कर दे? क्यों नहीं मैं इसका बहादुरी से सामना करता? अधिक-से-अधिक क्या करेंगे वे? जो उनके हाथ में है उतना ही तो!

लेकिन दिमाग में तरह-तरह के ख़याल आ रहे हैं।...देखता हूँ कि इनके दरबार में मेरी 'पेशी' हो रही है,...या, अचानक मेरा ट्रांस़फर साहब ने दूर किसी जंगली इलाके में कर दिया है जिसे विभाग के लोग 'काला पानी की सज़ा' कहते हैं,...कि कुछ भी मनगढ़ंत आरोप लगाकर मेरे खिलाफ़ जाँच हो रही है और दोषी पाते ही मुझ पर कठोर अनुशासनात्मक एवम् दण्डात्मक कार्यवाही की जाएगी...। उनसे उलझने का परिणाम!

मैं पाता हूँ कि वे बहुत शक्तिशाली हैं और उनमें ज़बरदस्त एका है! उनके पास किसी को भी फँसा सकने के ढेर सारे अधिकार हैं। इस विशाल तंत्र के सामने मैं बिलकुल असहाय हूँ अकेला हूँ और असुरक्षित।...कि नरेन अपने अखबार में लिख ज़रूर सकता है इनके खिलाफ़, लेकिन इनकी सत्ता की भयावहता को वह वैसे नहीं महसूस कर सकता, जैसे मैं। इसे वही महसूस कर सकता है जो इनके बीच रहता है, जिसे रोज़ इनसे दो-चार होना है। यानी पानी में रहके मगरमच्छ से बैर मोल लेना!

...अभी पेशाब करके आया हूँ। मुझे बहुत आशंका थी कि पेशाब का रंग पीला होगा...मेरे भय का रंग और इसका गवाह। लेकिन यह मेरे लिए किसी सुखद आश्चर्य से कम नहीं है कि वह पीला नहीं था, बिलकुल साफ़ था! एक उजली धार! उसमें मेरे भीतर चल रहे द्वंद्व का नामोनिशान नहीं! और ऐसा होना मुझे सहसा एक खुशी दे गया है, अनजानी-सी और कुछ बल! और कुछ निर्भयता! लगा, मैं बिलकुल ठीक हूँ और जो कर रहा हूँ, ठीक कर रहा हूँ।

कल शाम को मेरा साढ़ू भाई गोपाल व्हिस्की का अद्धा लेकर आया था। जब हम घर के एक खाली कमरे में पीने बैठे तो अपने इन्हीं तनावों के चलते नशे में डूब जाने की इच्छा हुई थी और मैंने अपने निर्धारित 'कोटे' से ज़्यादा ली थी। कैसे भी हो, मैं अपने इस तनाव को एकदम फेंक देना चाहता

था, दूर कहीं, भले ही कुछ घंटों के लिए ही सही, झूठा भरम ही सही! पर गोपाल से ज़्यादातर पारिवारिक बातें होती रहीं। संयोग से वह भी शिक्षक है। मैंने जानना चाहा था, उसके ऑफ़िस का हालचाल। उसका अपने ऑफ़िस के प्रति नज़रिया। मुझे आश्चर्य हुआ था कि उसे उनके भ्रष्ट होने की शिकायत तो है मगर इसको लेकर कोई गुस्सा नहीं है। वह इस व्यवस्था को स्वीकार कर चुका है। नशे में वह बड़े गर्व से बता रहा था कि ऑफ़िस में उसका कोई क्लेम नहीं रुकता। ''बाबू को कहता हूँ, साले, तुम्हारा जो बनता है वो ले लो, दारू की बोतल लेनी है तो वो भी ले लो! लेकिन मेरे बिल में मुझको कोई ऑब्जेक्शन नहीं चाहिए! क्या करना है, कैसे करना है, साले तुम जानो! मेरा बिल पास होना चाहिए, एनी हाउ! और मेरा काम हो जाता है। जो कहते हैं दे देता हूँ। और अब तो अपनी सबसे इतनी अच्छी सेटिंग हो गई है कि पैसा दो दिन में मेरे हाथ में होता है! दो दिन में!''

गोपाल भाई चुटकी बजाते हुए दिल खोल के हँस पड़े थे। ज़ाहिर था, इसको लेकर उनके मन में कोई तनाव नहीं है।

और मैं, जो मन में कहीं इच्छा रखे था कि अपने ऑफ़िस का हाल उसे बताऊँगा, यहाँ उसकी कोई जगह या ज़रूरत दिखाई नहीं दी, उसका कोई 'क्षण' ही नहीं बन सका, सो मन में ही रखे रहा। वैसे भी गोपाल बहुत बोलनेवाला जीव है, सो उसकी सुनता रहा।

...कल दोपहर जब पत्नी के साथ मोटरसाइकिल पर धमतरी आ रहा था, मौसम बहुत अच्छा था। जुलाई का सुहाना मौसम! आसमान में बादल छाए हुए थे और सड़क के दोनों तरफ़ पेड़-पौधों और खेतों में हरियाली थी। और शांति। रास्ते में शिवनाथ नदी का पुल मिलता है। हम चूँकि घंटे-भर से बाइक पर बैठे-बैठे तंग आ चुके थे, इसलिए थोड़ा सुस्ताने के लिए वहाँ रुक गए, कुछ देर। पुल के नीचे नदी बह रही थी। साफ़ जल! नदी के एक किनारे मैदान में गाय और बकरियाँ घास चर रही थीं। किनारे-किनारे बबूल के पेड़ दूर तक चले गए थे। कुछ भैंसें पानी में डूबी थीं और दो ग्वाले लड़के अपनी लाठी से उन्हें हंकालते नदी के उथले पानी में खेलते दौड़ रहे थे। दौड़ने से पानी की उजली बूँदें उछल रही थीं, जिसमें वे भीग रहे थे लेकिन इससे बिलकुल बेपरवाह खूब खुश थे! उस शांत वातावरण में उनका हँसना-बोलना

और पानी की छप-छप हिलकोर दूर तक सुनाई देती थी। मैं कुछ पल उनकी हँसी-खिलखिलाहटों में खो-सा गया था। मुझे अच्छा लग रहा था उन्हें यों हँसते-खेलते देखना। कितने निर्द्वंद्व! कितने मुक्त! देखते हुए थोड़ी ताज़गी मन में आ गई। पत्नी भी पुल पर खड़ी उन्हें ही देख रही थी। सहसा हम दोनों उनके इस खेल पर एक-दूसरे को देखकर मुस्कुरा पड़े थे। मुझे इस समय पत्नी का मुस्कुराना अच्छा लग रहा था और मैंने पाया कि फीकी नारंगी साड़ी में वह मुस्कुराती हुई सुंदर लग रही है, हवा से उसके सामने के बाल उड़ रहे हैं, जिसे वह बार-बार समेट रही है और सहसा मुझे उसे छूने की इच्छा हुई थी। यह पिछले चार दिनों के अनवरत तनाव के बीच पहली बार हो रहा था। मैं उसके नज़दीक चला आया और पुल पर रखे उसके हाथ पर मैंने अपना हाथ रख दिया, चुपचाप। फिर हम सामने देखते रहे।...एक भूरा बछड़ा 'बाँऽ-बाँऽ-बाँऽ' करता नदी किनारे दौड़ रहा था...और हमारे नीचे, पुल के बिलकुल पास दो बकरियाँ—घास चरने में मगन थीं, उनके गले में नन्ही घंटियाँ बँधी थीं, जो उनके चलने-उछलने और चारा चरने या मुँह चलाने से 'टुन-टुन टुन-टुन' बज रही थीं। एक अनोखा और मधुर संगीत! कुछ ही आगे आम के पेड़ थे, उन गहरे हरे पेड़ों की पत्तियों का हवा की लय पर लहराना, सुरसुराना...नदी के जल के बहने की हल्की हिलोर...ये सब मुझको न केवल बहुत अच्छा लग रहा था बल्कि मुझमें धीरे-धीरे कोई ऊर्जा और ताकत भर रहा था, अपने आप।

हम थोड़ी देर और वहाँ रुके रहे, उस शांत वातावरण को मन-आत्मा में भीतर उतारते, उससे सीझते।

पुल से दो साइकिल सवार ग्रामीण आपस में ज़ोर-ज़ोर से बतियाते गुज़र गए, ये पैंट-कमीज़ पहने थे और गले में गमछा डाले। इनके साइकिल के फ्रेम के बीच और पीछे कैरियर में सब्ज़ियों के बोरे बँधे थे, बोरे के फूले-सिले मुँह से ताज़ा और चमकदार भटे (बैंगन) झाँक रहे थे, मानो बाहर निकल आने को बहुत उतावले हों! इसके कुछ पल बाद सामने की तरफ़ से एक राउत साइकिल से निकला। वह शायद धमतरी से दूध बेचकर लौट रहा था। चटख गुलाबी कमीज़ और मटमैली-सी धोती घुटने तक पहने अधेड़ राउत, जिसकी चितकबरी मूँछें खासी घनी और ऐंठी हुई थीं। अपने में मगन

कोई लोकगीत गाता हुआ, जिसकी साइकिल के कैरियर के दोनों ओर दूध की डोलचियाँ हुक से अटकी थीं, साइकिल की गति के साथ खड़खड़ातीं। मानो उसके गाने में अपना संगीत मिला रही हों..!

जब थोड़ी देर बाद हम वहाँ से चले तो कम-से-कम मैं वही नहीं था, जो यहाँ पहुँचने पर था। मेरा तनाव काफ़ी-कुछ इससे धुल-पुँछ गया था, और कुछ नया-सा हो गया था। मैं सोच रहा था कि इनके जीवन में भले गरीबी हो, पर एक सुख है, सुकून और संतोष है और कितने उन्मुक्त! जबकि शहर का हमारा जीवन रोज़ के न जाने कितने षड्यंत्रों और उठा-पटक से भरा, असुरक्षित और तनावग्रस्त। और बीमार!

...तो मैं इंतज़ार कर रहा हूँ उनकी प्रतिक्रिया का! और, जब ओखली में सिर दे ही दिया तो मूसल से क्या डरना! अपनी थोड़ी-सी सुविधा की खातिर मुझमें समाये इस भय और निम्नमध्यवर्गीय लिजलिजी सकुचाहट से छुटकारा पाना ही होगा! यों किसी कीड़े के समान रेंगना छोड़कर उठ खड़ा होना होगा—एक आदमी बनकर!

दिनाँक 10.07.10, मंगलवार, रात 8.20

आज सुबह से हल्की बारिश हो रही थी। रिमझिम-रिमझिम। हल्की बूँदें। बारिश ऐसी कि आप छाता साथ रखे होने पर भी नहीं खोलेंगे और सोचेंगे कि इतने पानी में तो नहीं भीगेंगे, लेकिन कुछ ही देर बाद आप पाएँगे कि अरे आप तो धीरे-धीरे पूरा भीग गए! ऐसी धोखेवाली बारिश!

जब स्कूल पहुँचा तो इसी धोखे में मैं भीग चुका था। मेरी सफ़ेद सूती कमीज खासी गीली हो गई थी।

स्कूल के अहाते में शिरीष पेड़ के नीचे अपनी मोटरसाइकिल खड़ी कर ही रहा था कि पहले से पहुँच चुके साहू गुरुजी ने अपने पोपले मुँह से मुझे बताया, ''बघेल सर.., वो अवधिया बाबू आपको पूछ रहा था...।''

''अच्छा,'' मैंने सशंकित हो उनसे पूछा, ''कुछ कह रहा था?''

''हाँ, अभी स्कूल आते-आते मेरे को रास्ते में मिला था तो कहा कि बघेल सर को ऑफ़िस भेजना। थोड़ा काम है।''

सुनते ही मेरी देह में फिर उसी भय की झुरझुरी रेंग गई। अत्यधिक सतर्क हो गया। लगा कि अब वे बिलकुल जान गए हैं! हो-न-हो रवि मिश्रा

के मार्फ़त उन्हें पता चल गया है। अब? मैं खुद को आगे की किसी भी स्थिति के लिए तैयार करने लगा—कुछ भी हो सकता है! मेरे भीतर अब फिर-से वही सब चलने लगा। स्टाफ़-रूम में मरकाम और सोनी बैठे थे। साहू जी अंदर आ गए। स्कूल की प्रार्थना शुरू होने में अभी थोड़ा समय था। बच्चे भी अभी इक्के-दुक्के ही पहुँचे थे। चूँकि अभी हमारी हैडमिस्ट्रेस वर्गीस मैडम और अनीता मैडम नहीं पहुँची थीं, सो मौका था। आदतन सोनी और मरकाम, साहू जी को रोज़ की तरह छेड़ने लगे। इनका टाइमपास इसी तरह होता है और दो साल बाद रिटायर होने वाले साहू जी भी इनके चकल्लस में लगे रहते हैं और इस हँसी-मज़ाक को मित्रवश लेते हैं। ये इनकी आपस की अंडरस्टैंडिंग है।

मरकाम ने पूछा, ‘‘कैसे साहू जी, आपके पैंट में ये क्या दाग लगा है?’’

साहूजी बोले, ‘‘अजी, काम करने वालों को दाग लगता रहता है। इसमें कौन-सी नयी बात है।’’

‘‘अच्छा, बताओ तो भला क्या काम करते हो?’’

‘‘क्या काम नहीं करते हो, ये पूछो यार!’’

‘‘नहीं। आप क्या काम किए हो ये बताओ!’’

‘‘कहा न, क्या काम नहीं करते हो ये पूछो!’’

‘‘मुझको तो लगता है कि आप कोई काम नहीं कर सकते!’’

‘‘भला तुम्हारे कहने से क्या होता है? चाहो तो आज़मा लो!’’

‘‘अच्छा। किस पर आज़माएँ आपको?’’

‘‘आपको जिस पर आज़माना हो आज़मा लो! हम सबके लिए रेडी हैं।’’

‘‘ये स्कूटी वाली को आज़मा सकते हो?’’ सोनी का इशारा अनीता मैडम की तरफ़ था।

‘‘क्यों नहीं?’’ साहू जी ने उत्साह नहीं छोड़ा।

‘‘अच्छा! बूढ़वा हो गया है, तब भी देख लो इसका शौक!’’

‘‘अरे बूढ़वा होना क्या होता है? आदमी का सिर्फ़ बाल काला होने से जवान नहीं होता!’’

‘‘अच्छा! तो फिर कैसे होने से जवान होता है?’’

‘‘अजी दिल भी काला होना चाहिए! क्या समझे?’’

‘‘देख-देख, गुरुजी होके बच्चों को कैसी-कैसी बात सिखा रहा है ये बूढ़वा!’’

''तुम लोग मेरे को बूढ़वा-बूढ़वा कहते हो, तुम्हारे पास कोई प्रूफ़ है ?''

''प्रूफ़ हमसे क्या माँगते हो ? अपने-आप से पूछो ! जवाब खुदई मिल जाएगा !''

''अपने-आप से क्या पूछूँ ?''

''पूछो कि रात में गाड़ी चलती है कि नहीं ?''

''बिलकुल चलती है !'' साहू जी को पीछे हटना गवारा नहीं था।

''अच्छा ! तो कितने की स्पीड में चलती है ?''

''वाह ! अजी फुल स्पीड में चलती है !''

''फुल स्पीड में ?'' सोनी ने आश्चर्य से पूछा।

''हौ ! फुल स्पीड में !''

''एक्सीडेंट नहीं होता ?''

''अरे, होने दो न, क्या हो जाएगा ?''

''वाह, कैसी बात करते हो ? अरे, क्या नहीं हो जाएगा ? आपकी गाड़ी घायल हो जाएगी ! आपकी गाड़ी चलनी बंद हो जाएगी !''

''नहीं होगी। हम गाड़ी बहुत सँभाल के चलाते हैं।''

''सीधा चलाते हो या कट मारते हो ?''

''जब जैसी ज़रूरत हो वैसी चलाते हैं !''

''रिवर्स गेयर भी लगाते हो ?''

''कहा न, गाड़ी चलाते समय जो ज़रूरत हो सब करना पड़ता है।'' मंद-मंद हँसने लगे साहू जी इन लड़कों की बदमाशी पर !

मरकाम बोला, ''गाड़ी अब सँभालकर चलाया करो साहू जी। इस उमर में फुल स्पीड में चलाना ठीक नहीं ! मैं कहीं ट्रैफ़िक इंस्पेक्टर होता तो आपका लाइसेंस रद्द कर देता !''

''क्यों ? क्यों भला ?''

''इसलिए कि अब आपकी आँखें कमज़ोर हो गई हैं और आपको कम दिखता है !''

''कैसे कम दिखता है ? हमको सब दिखता है ! जिसको बोलोगे उसको देख के बता देंगे !''

''अच्छा वो पेड़ दिख रहा है ?''

''बिलकुल दिख रहा है!''

''कौन से रंग का है?''

''हरा।''

''कैसे हरा बोल दिये?''

''हरा है तो हरा नहीं बोलूँगा? देख लो ऊप्पर से।''

''साहू जी, शरम आनी चाहिए आपको, इस उमर में भी आपको हरा-हरा सूझता है! नीचे का काला रंग नहीं दिखता?''

फिर वे अपनी ही बातों पर हँसने लगे। तभी हमारी हैडमिस्ट्रेस आ गईं और इनको अपना गम्मत (लोकनाट्य) बंद करना पड़ा, वरना पता नहीं कितनी देर तक ये चलता रहता!

ये ऐसे ही अपना समय काटते हैं। मगन और सुखी। मुझे बहुत बार इनसे ईर्ष्या होती है। इन्हें क्यों ये चीज़ें परेशान नहीं करतीं? ये भी मान चुके हैं कि ये तो यहाँ का 'नियम' ही है! मैं इन्हें बस सुन रहा था। असंपृक्त। मेरे भीतर जो चल रहा था उससे सर्वथा अनजान थे ऑफ़िस, अधिकारी और बाबू...। मुझे लगा, अब फ़ैसले की घड़ी आ गई है। कुछ भी हो सकता है! मैं अपने घबराते मन को सँभालने की कोशिश में लगा था।

पढ़ाने में ज़रा-भी मन नहीं लग रहा था। किसी तरह दो पीरियड्स काटे। फिर हैडमिस्ट्रेस वर्गीस मैडम से परमीशन लेकर मैं ऑफ़िस चला आया।

ऑफ़िस के सामने कुछ लोगों की वैसी ही भीड़ थी, जैसे अमूमन हुआ करती है। ऑफ़िस के आगे नीम का एक बड़ा पेड़ है, जिसके नीचे टपरेवाली चाय-पान की दुकान है। बाबुओं से लेन-देन की जगह। यहाँ भी लोग वैसे ही जुटे थे जैसे रोज़।

बहुत साहस जुटाकर मैं भीतर दाखिल हुआ। सामने की टेबल पर बैठने वाले यादव बाबू या कौर मैडम ने मुझे देखकर कोई प्रतिक्रिया नहीं दी। चुपचाप अपने काम में लगे रहे। अन्यथा, इनकी आँखों में वही चमक आ जाती है जो शिकारी को अपना शिकार मिलने पर। मैंने बताया कि अवधिया बाबू ने बुलाया है, तो कोने की टेबल में बैठे रवि मिश्रा ने कहा, ''अभी साहब के पास गए हैं, बैठिए। थोड़ी देर में आ जाते हैं।''

ज़्यादा इंतज़ार नहीं करना पड़ा। जब आज कुरता-पाजामा पहने अवधिया

ने मुझे देखा तो भी उसके चेहरे पर कोई विशेष प्रतिक्रिया नहीं उभरी। दो-तीन दिन के दढ़ियाए उसके चेहरे पर आज कोई 'कुटिल' उत्साह भी नहीं था। बल्कि चेहरा उतरा हुआ था और बोझिल-सा। कत्थई पपड़ाए होंठ देखकर लगा उसने काफ़ी देर से पान भी नहीं खाया है।

उसने मुझे देख थोड़े आश्चर्य से पूछा, ''अरे, आप इस समय कैसे आए?''

मुझे बहुत राहत मिली। वह अपनी ही बात को भूल गया था। मैंने बताया, ''अरे, आप ही ने तो साहू जी से खबर भिजवाई थी ना..., मुझको ऑफ़िस भेजना करके?''

''अच्छा, अरे हाँ!'' उसे याद आ गया, कहा, ''वो आपके एरियर्स के बारे में! मैंने साहब से बात कर ली है। आपका एरियर्स यहीं से निकलेगा। आपको अपने पिछले स्कूल से नॉन-ड्रॉवल सर्टिफ़िकेट लाना पड़ेगा। वो आप ले आइये फिर निकल जाएगा एरियर्स।'' उसकी आवाज़ में उत्साह नहीं, लेन-देन का कोई संकेत भी नहीं था।

मैंने कहा, ''ठीक है। ले आऊँगा जल्दी ही।''

अवधिया फिर अपने किसी दूसरे काम में व्यस्त हो गया।

मैं बाहर निकल आया और यह बाहर निकलना किस कदर रोमांचक था! और किस कदर खुशी देने वाला! एकदम अविश्वसनीय! जैसे किसी बेहद महत्त्वपूर्ण मैच में अनायास, बहुत साधारण प्रयास से ही जीत मिल गई हो!

~

नरेन से मिलना-जुलना मैंने जानबूझकर अपने 'भविष्यगत सुरक्षा' कारणों से मुल्तवी कर रखा था। उस शाम को उसे फ़ोन किया। मेरे ऑफ़िस की बात जैसे वह भी भूल गया था छापकर। मैंने उसे बताया कि आज ऑफ़िस गया था, तुम्हारे खबर छापने के बाद यहाँ कुछ सुधार हुआ है...ऐसा मुझे लगा। तो उसने छूटते ही कहा, ''ये हरामी इतनी जल्दी नहीं सुधरने वाले! बहुत मोटी चमड़ी के होते हैं ये लोग!...उस चोपड़ा का क्या बिगाड़ लिया हम लोगों ने? मैंने तो छापा था, बाकी अखबारों ने उतना भी नहीं छापा! जबकि हमारे प्रेस को उसके हॉस्पिटल का बीस हज़ार सालाना विज्ञापन मिलता है, तो भी

मैंने छापा। मैं सोचता था, मालिक साला बिगड़ जाएगा! पर ये तो उससे और ज्यादा ऐंठने के चक्कर में है! मना नहीं किया।...मैंने बाद में लड़की के बाप का लिखित बयान लिया था, जिसमें उसने कहा था कि चोपड़ा उसकी बेटी का दैहिक शोषण करता था और उसकी हत्या संभवत: उसी ने करवाई है...और मैं उसे भी छापनेवाला था...। पर वो साला पियक्कड़ दूसरे दिन सवेरे-सवेरे पिए हुए मेरे पास आया और बोला, 'साहब, वो कागज़ हमको वापस कर दो। नहीं तो मैं कोर्ट में बयान दूँगा कि इस आदमी ने ज़बरदस्ती मुझसे लिखवाया है।'...और बोल रहा था कि चोपड़ा साब तो बहुत अच्छे आदमी हैं! हमेशा हमारी मदद करते आए हैं!..आप मुझे वो कागज़ वापस कर दो! चोपड़ा ने ही उसको सिखा-पढ़ा के भेजा होगा! अब यार, वो आदमी मुझे ही फँसाने की बात कर रहा है! क्या ज़माना है यार! कुछ रुपए के चक्कर में वो रातो-रात पलट गया! और ये किसी फ़िलिम की कहानी नहीं है मेरे भाई, हकीकत है!''

मूर्ति

(शहीद कामरेड दरस राम साहू को समर्पित)

हम प्रोफ़ेसर डॉ. प्रभात शुक्ला के अध्ययन कक्ष में बैठे थे। हम माने मैं (जनकलाल ठाकुर), कामरेड गिरधर निषाद और कामरेड ननकू देशलहरा। कामरेड ननकू और गिरधर मज़दूर यूनियन के कार्यकर्ता हैं। हम तीनों एक काम लेकर प्रभात शुक्ला के पास पहुँचे हैं। वह इस अंचल के प्रसिद्ध चिंतक और कवि हैं। मिलने पर बात कुछ ऐसी निकली कि डॉ. साहब बोलते चले गए...जैसे कि उनकी आदत भी है...।

''यह कितना अच्छा संयोग है, ठाकुर जी, कि आज हम लोग माक्सवाद पर बात कर रहे हैं! देखिए, आज तो परिस्थितियाँ ऐसी हैं कि सोशलिज्म पर बात करना मुश्किल हो गया है, माक्सवाद को तो आप छोड़ ही दीजिए!'' हल्के से मुस्कुराए हैं अपने गोरे दमकते चेहरे से प्रभात शुक्ला, अपनी खिचड़ी दाढ़ी खुजाते हुए। ''कामरेड, मेरे मन में इधर कई तरह के सवाल उठते हैं...मसलन कि क्या वजह है कि वेस्ट बंगाल में संशोधनवाद इतना बढ़ गया है ?..अब तो भाई इन लोगों ने अति ही कर दी है! ये भी वही राग अलाप रहे हैं जो दूसरी सारी बुर्जुआ पार्टियाँ...'देअर इज़ नो अल्टरनेटिव'...कि पूँजीवाद का कोई विकल्प नहीं! 'आ 'म वरी...रिअली, आ 'म वरी ऑल अबाउट इट!' नक्सलाइट मूवमेंट एक दौर की उपज थी...वह जोश और जज़्बा आज आप बिहार के गाँव खेड़े में देख सकते हैं किसी हद तक...जबकि इस मूवमेंट की सारी ताकत तो बंगाल के संशोधनवाद से निपटने में खर्च हो गई, और कुछ अपने ही अंतर्विरोधों, मतभेदों और ग़लत रणनीतियों का शिकार हो गई... लेकिन कामरेड, अभी-अभी फिर दृश्य बदला है...नंदीग्राम और सिंगूर के

जन संग्राम उसी के फिर से जी उठने की बात तो कर रहे हैं! इसके बावजूद फ़ैक्ट यह है कि वे संसद में थोड़े और मज़बूत हुए हैं, भले ही ज़मीनी रिपोर्ट कुछ और कहती हो। देश की संसद में पहली बार लेफ़्ट इतनी बड़ी संख्या में हैं...और आप जानते हैं, नम्बर इज़ पॉवर इन अवर डेमोक्रेसी। वे कंट्रोल कर सकने की स्थिति में हैं...फिर भी आपने सेज को वेलकम किया है...टाटा और सलीम ग्रुप को वेलकम किया है सर्वहारा किसान की ज़मीन की कीमत पर! आप गोली चला रहे हैं किसानों पर! मैंने अपने पैंतालिस साल के जीवन में लेफ़्ट का ऐसा तानाशाही रूप कभी नहीं देखा था, कामरेड।''...

उनके दरवाज़े पर दस्तक हुई।

''हाँ आ जाओ...।''

घर में काम करने वाली लड़की थी, एक साँवली किशोरी। चाय की ट्रे लेकर हाज़िर हुई।

प्रभात शुक्ला दबे-दबे से मुस्कुराए हैं, ''देखो, ये लड़की आज फिर अपने सही टाइम पर आई है। मैंने अनुभव किया है, मैं जब भी वेस्ट बंगाल गौरमेंट की आलोचना करने लगता हूँ, ये लड़की ठीक उसी समय पर चाय लेकर हाज़िर होती है—मुझको चुप कराने। कभी-कभी तो लगता है ये उनकी एजेंट है! ठीक है भई सावित्री, लो मैं चुप हो जाता हूँ। लीजिए, आप लोग आलोचक को चुप कराने की चाय पीजिए।''

लड़की सहित हम भी उनके इस मज़ाक पर मुस्कुराने लगे।

इस दौरान हम उनके कमरे को भी बहुत उत्सुकता से देख रहे थे, जहाँ किताबों से भरी अलमारियाँ थीं, खिड़की के परदे से छनकर आते हल्के उजाले में चमकती हुईं। एक कोने की टेबल के ऊपर कुछ मूर्तिशिल्प रखे थे गाँधी, टैगोर, स्वामी विवेकानंद और बुद्ध के। कमरे की दीवारों पर कहीं पेंटिंग थी, कहीं बस्तर के हस्तशिल्प की कलाकृतियाँ। देखकर किसी कला संग्रहालय की कलात्मक अनुभूति से हमें भरते हुए। यह दोपहर का समय था और छुट्टी का दिन। इसलिए डॉ. प्रभात शुक्ला अपने घरेलू पहनावे—सफ़ेद कुरते पाजामे—में, अपनी काली चमकदार रिवॉल्विंग चेयर में फुरसत से गपियाने के मूड में भी लग रहे थे। लेकिन मैं अपनी बात कहने के लिए उपयुक्त मौका ढूँढ रहा था। मैंने कामरेड गिरधर और ननकू को देखा, तो उनके चेहरों पर

डॉ. साहब के ज्ञान और सोच के प्रति सम्मान का भाव था। मुझे देखकर संतोष हुआ कि उन्हें मेरा यहाँ लाना ठीक ही रहा।

''क्या है कामरेड,'' उन्होंने रिवॉल्विंग चेयर में अर्धवृत्ताकार घूमते हुए कहना शुरू किया, ''मैं दूसरों की नहीं जानता अपने एक्सपीरिएंस के आधार पर बात कर रहा हूँ...कि हम डरने लगे हैं। खासकर हमारे बुद्धिजीवी भाई लोग। वह भी खासकर सोवियत यूनियन के कोलैप्स होने के बाद। एक कार्यक्रम की बात बताता हूँ...कविता पाठ का कार्यक्रम था कोई...यहीं राजधानी में। मुझसे कहने को कहा गया कुछ। तो, सच कहता हूँ कामरेड, जैसे ही मैंने माओ, चीनी क्रांति और माओ की फ़ेमस थ्योरी कला की सांस्कृतिक भूमिका के बारे में कहना शुरू किया, सबको मानो साँप सूँघ गया! सब दीदे फाड़ के मुझे यों घूरने लगे कि ये कौन घुस आया? यह तो हालत है! वहीं देश के एक बड़े कवि, नेलसन मंडेला पर कविता पढ़ रहे थे। मुझे साफ़ लगा, हम डरते हैं, हम बचना चाहते हैं किसी भी सीधे एनकाउंटर से। दूसरों की मुक्ति के गीत गाना बहुत सरल है, आसान है। आप ज़रा यहाँ के बारे में लिखिए...यहाँ की समस्याओं के बारे में लिखिए। यहाँ के लोगों के रोज़ के जीने-मरने के संघर्ष पर क्यों चुप है आपकी कविता?...तो देख रहे हैं, चाहे पॉलिटिक्स हो या लिटरेचर, हमने एक सुविधाजनक रास्ता अख़्तियार कर लिया है...कि ये भी हो जाए और वो भी!...यहाँ मुझको धूमिल याद आ रहे हैं...'कुछ इस तरह कि चीज़ों की शालीनता बनी रहे...कुछ इस तरह कि काँख भी ढकी रहे और विरोध में उठे हाथ की मुट्ठियाँ भी तनी रहें!' पाश मेरे सबसे प्रिय कवि हैं, जिनकी एक किताब का शीर्षक ही है कि *बीच का रास्ता नहीं होता।*...पर क्या कीजिएगा? अभी तो पोस्ट मॉर्डनिज़्म का इंडियन पीरियड है, जहाँ सब कुछ का अंत घोषित किया जा रहा है—इतिहास का, विचार का, कविता का, उपन्यास का, कहानी का।...अजी महानुभाव! भारत में आप कुछ जिंदा रहने भी देंगे? उत्तर आधुनिकता के विचारक बहुत ज़ोर-शोर से यह बात फैला रहे हैं—सब भ्रम है! माया है! क्रांति भी एक माया है! आजकल हिन्दुस्तान में बाबावाद और गुरुवाद चल रहा है। देखिए, कुछ ही बरस में कितने सारे बाबा और गुरु प्रकट हो गए...लव गुरु, मैनेजमेंट गुरु...आर्ट ऑफ़ लिविंग...! और क्या मज़े से इनकी दुकानदारी चल रही

है! इनके स्टॉल में सब कुछ सिखाया जा रहा है, योग से लेकर भोग तक। देखा जाए तो यही हैं आज के स्टार! कहाँ मार्क्स, लेनिन या भगत सिंह की बात करते हो आप!...अरे देखिए, आप भी सोच रहे होंगे कि मैं भी कितना अजीब हूँ, कहता ही जा रहा हूँ! ये भी नहीं पूछा कि आप कैसे आए हैं!...अब आपके आस-पास ऐसे कितने लोग बचे हैं जिनसे आप अपने इन विचारों को शेयर कर सकें? इसलिए जोश ही जोश में भूल गया आपसे पूछना। आप कह सकते हैं कि मैं अपनी भड़ास निकाल रहा हूँ, इस दुनिया के प्रति, इस व्यवस्था के प्रति, अपने खुद के प्रति, अपनी ही अकर्मण्यता के प्रति! सच कामरेड, एक सच्चा मार्क्सवादी कभी भी आत्म आलोचना बंद नहीं कर सकता। अब मैं चुप होता हूँ, आप लोग बोलिये...''

मैंने अपने दोनों साथियों की तरफ़ देखा, उन्होंने आँख के इशारे से कहा कि आप ही बोलिये...। सो मैंने कहा, ''सर, हम लोग आपसे कुछ सहयोग लेने आए हैं...।''

''कहिये, मैं आपके क्या काम आ सकता हूँ?''

''आप श्रमिक नेता मानिक राम को तो जानते हैं...जिनकी दो साल पहले हत्या कर दी गई?''

''अरे कैसी बात करते हो? बहुत अच्छे से जानता हूँ!''

''अभी 6 मई को उनका दूसरा शहादत दिवस है और हमारे साथी चाहते हैं उनके कर्म क्षेत्र लाल खदान में उनकी मूर्ति स्थापित हो और इस अवसर पर एक अच्छा आयोजन हो। आपके संपर्क देश के सभी बड़े इंटेलेक्चुअल्स के साथ हैं। ये चाहते हैं कि देश का कोई बड़ा मार्क्सिस्ट बुद्धिजीवी इस अवसर पर आए ताकि कार्यक्रम को एक गरिमा मिले...।''

''हाँ सर, हम लोग मज़दूर आदमी हैं, ज़्यादा नहीं जानते। चाहते हैं कार्यक्रम बढ़िया हो जाए,'' कामरेड गिरधर ने कहा।

''सर, हम लोगों को बोलना-ऊलना नहीं आता। आप हैं, कुछ साहित्यकार लोग हैं...आप लोगों के होने से यादगार कार्यक्रम हो जाएगा। हम लोग तैयारी कर रहे हैं। गेस्ट बुलाने में आप हमारी मदद कीजिए।''

प्रभात शुक्ला बहुत संतोष के साथ मुस्कुराए, ''लोग मुझसे वैसे ही चिढ़े रहते हैं कि ये आदमी हमेशा कंट्रोवर्शियल लोगों को बुला के कार्यक्रम

कराता है...कभी ब्रह्मदेव शर्मा, कभी मेधा पाटकर...कभी महाश्वेता देवी... तो कभी अरूंधति राय...। खैर। कामरेड, मुझे कितनी खुशी है, मैं बता नहीं सकता। कामरेड मानिक राम की मूर्ति स्थापित होने जा रही है, आह! कामरेड मानिक राम साहू! कभी-कभार किसी-न-किसी कार्यक्रम में उनसे मिलना होता ही था और आपको जानकर आश्चर्य होगा, उनकी हत्या के एक दिन पहले मेरी उनसे मुलाकात हुई थी रूरल डेवलपमेंट ऑफ़िस में। वह वहाँ अपने किसी काम से आए थे। कोई डेढ़ घंटा हमने पॉलिटिकल स्ट्रेटजी पर बात की होगी । मैं तो कभी सोच भी नहीं सकता था कि ऐसी नृशंस हत्या हो जाएगी उनकी! कामरेड मानिक राम के लाल खदान को तो मैं कभी भूल ही नहीं सकता। पक्के मार्क्सवादी थे कामरेड। मुझे तो आज भी विश्वास नहीं होता कि उनके जैसा श्रमिक नेता कल तक हमारे साथ हमारी ही धरती पर था! देखने में इतने सीधे-सादे कि पाँच लोगों के बीच खड़ा कर दो तो पहचानना मुश्किल हो।...यह उन्हीं की ताकत थी कि सिंघल ग्रुप जिस कंपनी को बंद करना चाहता था इन नयी आर्थिक नीतियों और ग्लोबलाइजेशन के दौर में, उसे कामरेड ने नौ सालों तक चलाकर दिखाया! और कामरेड, मैं समझता हूँ, केवल क्रांति कर देना ही सबसे बड़ा काम नहीं है, बल्कि एक बंद होती मिल को मज़दूरों के हित में चलाए रखना भी किसी क्रांति से कम नहीं है! उनकी नौ साल तक रोज़ी-रोटी की व्यवस्था की उन्होंने, क्या यह कोई कम बड़ी बात है!...मैं एक घटना तो भूल ही नहीं सकता कभी! कोई सांस्कृतिक आयोजन था लाल खदान में। मैं पहुँचा था बिलासपुर स्टेशन। वहाँ से एक मित्र का स्कूटर माँगकर लाल खदान जाने को निकला। लेकिन दुर्भाग्य से स्कूटर पंक्चर हो गया। तो मैंने एक मित्र सिन्हा को बुला लिया। उनके पास सायकिल थी। जब हमारी सायकिल लाल खदान कस्बे से गुज़र रही थी, मैं देखता हूँ, गाँव के छोटे-छोटे बच्चे हमारा अभिवादन कर रहे हैं—लाल सलाम! लाल सलाम! कामरेड को लाल सलाम!...मुझे लगा था, मैं कोई सपना देख रहा हूँ...। अपनी ही आँखों पर यकीन नहीं होता था! इतना जमा के रखा था कामरेड मानिक राम ने! ऐसा वातावरण कर दिया था कि अपने रूस या चीन में होने का भ्रम होता था।...आज हमारी ज़बान से कामरेड या लाल सलाम नहीं निकलता...ज़बान अटकती है...लेकिन वहाँ, उस धूल भरी

गली में, बिजली खंबे की मरियल पीली रोशनी में बच्चे चिल्ला रहे थे—लाल सलाम! लाल सलाम!...कामरेड, मुझे सच में बहुत खुशी है कि आप लोग उनकी मूर्ति स्थापित करने जा रहे हो। मेरा इस काम में आपको पूरा सहयोग रहेगा...जो भी बेहतर मैं कर सकूँ...।''

''धन्यवाद सर। हम आपसे सिर्फ़ इतना ही चाहते थे,'' मैंने कहा।

''अरे, धन्यवाद मत दीजिए अभी। यह काम तो पहले हो जाना था।''

''ठीक कह रहे हैं, सर। पर हम लोग उनके केस में फँसे थे और देखिए ना अभी तक उनके हत्यारों को सज़ा नहीं हुई है। वे आज़ाद घूम रहे हैं। हम लोगों ने सोचा, ये तो चलता रहेगा, अब कामरेड की मूर्ति लगा लेते हैं...पार्टी ऑफ़िस के अहाते में...'' कामरेड ननकू बोले।

''मेरा पूरा सहयोग रहेगा। बढ़िया आयोजन करवाएँगे कामरेड का।''

प्रभात शुक्ला अपने बंगले के गेट तक आए थे हमें छोड़ने।

लौटते हुए हम बहुत प्रसन्न थे कि हमारा एक कठिन काम हो गया।

~

मानिक और मैं एक ही गाँव के हैं। बचपन के साथी। एक ही प्राइमरी स्कूल में संग-संग पढ़े। मिडल स्कूल में भी हम संयोग से एक ही कक्षा में थे। लेकिन आठवीं के बाद हम अलग-अलग कक्षाओं में आ गये—अपने अलग विषयों के कारण। मैंने नौवीं में गणित विषय लिया था और उसने आर्ट्स। और वह दसवीं कक्षा के बाद स्कूल की छात्र राजनीति में भी हिस्सा लेने लगा था। तब हम साइंस-मैथ्स वाले, राजनीति को आर्ट्स ग्रुप वालों के लिए ही अनुकूल मानते थे, क्योंकि हमारी धारणा थी कि आर्ट्स में उतना पढ़ना नहीं पड़ता, कि पढ़ाई तो साइंस वाले ही करते हैं!

मैट्रिक के बाद वह आगे नहीं पढ़ सका। उसे घर की ज़िम्मेदारी उठानी थी। एक-दो साल यहाँ-वहाँ भटकने के बाद आखिर उसे लाल खदान के स्पिनिंग मिल में 'ड्राइंग टेंटनर' पद पर काम मिल गया। इस तरह वह यहाँ का एक कर्मचारी बन गया।

मैंने बी.एससी. की और मुझे भिलाई स्टील प्लांट में नौकरी मिल गई।

दल्ली-राजहरा लौह खदान में मेरी पोस्टिंग हुई।

अब मैं अपने गाँव से कोई दो सौ किलोमीटर दूर हो गया। इसलिए नौकरी में आने के बाद गाँव में मेरा आना-जाना तीज-त्यौहारों तक ही सिमट गया। सो भी दो-चार दिन के लिए। इसलिए अब मानिक से भेंट भी इन्हीं दिनों में हो गई तो हो गई, नहीं तो वह भी नहीं! उसकी व्यस्तता तो दिनोदिन बढ़ती ही जा रही थी।

गाँव की खबरों के साथ मानिक की खबरें भी मिलती रहतीं। खासकर उसकी यूनियनबाज़ी की कि वह मज़दूरों के अधिकारों के लिए लड़ने में हमेशा आगे रहता है। मैनेजमेंट के साथ आए दिन उसकी यूनियन का टकराव होता रहता है...कभी छुट्टी, कभी बोनस तो कभी शासन द्वारा निर्धारित वेतन और भत्ते को लेकर...कभी महिला कामगारों को जच्चा अवकाश देने या गर्भावस्था में हल्के काम लेने को लेकर...।

मानिक की शादी तय हुई। दुर्ग ज़िले की पाटन तहसील का एक गाँव उसका ससुराल था। महमंद के हम उसके कुछ साथी बारात में गए थे। बारात में मोहरी, टिमटिमी और दफड़ा बाजा लगा था। मानिक का बाप फिरतूराम पिये हुए था। डोकरा जम के नाचा था अपने बेटे की बारात में, इतना कि आज भी याद आने पर हँसी छूट जाती है। उसका नया धोती-कुरता धूल में एकदम सन गया था, पर डोकरे को कोई फिकर नहीं! वह नाचने में मस्त था!

अजीब बात थी कि उस गाँव में बहुत से खजरहे कुत्ते थे, जहाँ-तहाँ घूमते। इससे हम लोगों को भौजी को चिढ़ाने का अच्छा बहाना मिल गया था। मैं जब-तब उन्हें छेड़ता, ''भौजी, तुम्हारा गाँव कैसा खजरहा गाँव है! गाँव भर के दो दर्जन कुत्ते देखे होंगे, साला एक तो ठीक रहता! सबके सब खजरहा! तुम्हारे गाँव के आदमी भी ऐसे ही खजरहे हैं क्या?''

बहुत हँसती भौजी इस बात पर। फिर कहतीं, ''चल भग्ग! फोकट में हमारे गाँव को बदनाम झन कर। बहुत अच्छा है हमारा गाँव!''

''पर हमारे गाँव से अच्छा नहीं है,'' मैं जानबूझकर कहता, उन्हें चिढ़ाने के लिए।

''नहीं!'' भौजी—पाँचवीं पास भौजी—सच में चिढ़ जाती, ''नहीं, तुम्हारे गाँव से भी अच्छा है हमारा गाँव!'' और फिर हम हँसने लगते।

मानिक की पहली संतान पुत्री हुई। उसकी छठी में मैं नहीं जा पाया था तो भौजी बहुत गुस्सा हुई थीं। अरे बाप रे, क्या-क्या बात नहीं सुनाई थी भौजी ने...कि हाँ, अब तुम क्यों आओगे हम गरीब के घर...बड़े आदमी हो गए हो!

मैंने अपनी सहायता के लिए मानिक को देखा था। पर वह तो बैठे-बैठे मज़ा लेता मुस्कुरा रहा था, जैसे कह रहा हो, ''तुम जानो और तुम्हारी भौजी जाने। मेरे को बीच में क्यों घसीटते हो!''

इसलिए, जब उसका बेटा हुआ—दूसरी संतान—तो मैं गया था छठी में। बहुत ध्यान करके।

~

...मुझे याद है, कका फिरतूराम उस दिन 'फुल मूड' में था! लगता था, डोकरा बिहनिया से 'खींच' रहा है। तिहार हो गया डोकरा का। घर में पहला पोता होने की खुशी थी। फिरतू कका अपनी खुशी मनाने में कभी पीछे नहीं रहता। सारे मोहल्ले के यार-दोस्तों के साथ पहले ही निपट चुका था। अब अपने दोनों समधियों के संग परछी में जमा था। कच्ची मट्टी वाले परछी में चटाई बिछा के बैठे थे। सामने शेर छाप नारंगी की बोतल खुली थी, स्टील के गिलास और कागज़ की सस्ती प्लेट में मिक्सचर। उनके संग मोहनदास भी बैठा था। यों तो वह अक्सर मानिक राम के साथ रहता है फ़ैक्टरी में और फ़ैक्टरी के बाहर, पर आज छठी में डोकरा के संग फिट था हरमुनिया बजाने वाला और गीत गाने वाला साढ़े चार फुटिया मोहनदास। पर आज गीत वह नहीं, डोकरा फिरतूराम गा रहा था—ददरिया! मोहनदास गाने की लय में अपना चेंदवा मुड़ी डोला रहा था—झूम-झूम के :

''पीपर पाना डोलत नइये रे...का होगे टुरी हा बोलत नइये रे...

पाँच के लगइया पचीस लग जाय...बिना लेगे नइ छोड़ंव पुलिस लग जाय...

गाय चराएंव हिंयाव करि ले...दोस्ती मा मजा नइये बिहाव करि ले...''

काकी देख-देख के कपाट के ओट से हँस रही थी, मुँह में बपना कोस्टउंहा लुगरा का अँचरा ठूँस के—''ये डोकरा आज बइहा गे हे तइसे लागथे!

डोकरा के आज रंग ला तो देख! अइसने दिन-बादर ल तो ये खोजत रहिथे!''

मैं एक कोंटे में गाँव के ही साथी कन्हैया के संग बैठा था। मानिक राम अभी तक नहीं आया था। तीन बजने को आ रहे थे। वह आज सुबह आठ बजे से ही कहीं गया है। पार्टी मीटिंग में। मुझको थोड़ा बुरा भी लग रहा था कि मुझको दल्ली-राजहरा से अपने बेटे की छठी में बुला लिया और खुद गायब है। वाह रे कामरेड मानिक राम!

मेरी नज़र बार-बार अँगना के खुले कपाट के पार गली में चली जाती थी। गली का भुरवा कुकुर दो-एक बार अपनी पूँछ हिलाता घुस आया था, जिसे मानिक की दाई ने दुर्र-दुर्र करके भगाया था। अगस्त का महीना। आकाश में सलेटी बादल बने हुए थे। आज उमस भी थी। फिर मक्खियाँ भी खूब भिनक रही थीं। कहीं-कहीं गिरे छठी के मिक्सचर और गुलाब जामुन के शीरे के कारण और ज्यादा।

मैं और कन्हैया अब बैठे-बैठे असकटा गए थे। उठने का मन हो रहा था। शायद डोकरा हमारी ऊब भाँप गया था। उसने मानो मेरा और अपना मन रखने के लिए कहा था—''थोरकिन अऊ बइठ जा बेटा। आतेच होही मानिक हा।''

हम दोनों उसका मन रखने के लिए रुक गए।

और अच्छा ही हुआ कि रुक गए, क्योंकि कुछ ही देर बाद मानिक आ गया और आकर हमसे अभी ठीक से मिला भी नहीं था कि डोकरा उस पर भड़क गया, एकदम—''हुँह! अभी आ रहा है! बड़ा उनियन लीडर बना फिरता है! घर-बार के कोई चिंता फिकर नइहे! बस खाली पारटी मिटिंग पारटी मिटिंग! तो आज छठी को काहे के लिये रखवाया होगा?'' मेरे और अपने दोनों समधी की तरफ़ हाथ दिखाकर बोला, ''देख, दुनिया भर के सगा-पहुना अपन काम छोड़ के तेरे काम से आए हैं और तू अपना लीडरी झाड़ रहा है! हमारे दुनों समधी बेचारे बिहनिया से आए हुए हैं, ये तेरा दोस्त जनक अपनी नौकरी से छुट्टी ले के दल्ली-राजहरा से आया है और तुमको खाली अपने काम की पड़ी है! अपने उस बच्चे तक की फिकर नहीं है जिसकी छठी है आज !'' फिरतू कका का काला तेलिहा चेहरा गुस्से से चमक रहा था।

मानिक अपने बाबू की नाराज़गी को समझ रहा था। शांत भाव से बोला, ''सब जनों से मैं हाथ जोड़ के माफ़ी चाहता हूँ। पर क्या करूँ, काम ही कुछ

ऐसा आ गया था। फिर हम सबका भविष्य अच्छा हो, इसीलिए तो मीटिंग में गया था। भविष्य अच्छा होगा तो इस बच्चे को भी लाभ होगा। व्यवस्था अच्छी होगी तो सबका जीवन अच्छा होगा...।''

पता नहीं वहाँ किस-किस ने उसकी बात का मर्म समझा था, पर मैं इतना ज़रूर समझ गया था, इस सीधे-सादे दिखते मानिक की दुनिया और सपने अलग हैं। वह कुछ करना चाहता है। कुछ बदलना चाहता है।

~

मानिक के संघर्ष की यात्रा कभी न रुकने वाली थी न थकने वाली। इसके साथ ही मिल-मालिकों की चालाकियों और धूर्तता को भी वह गंभीरता से समझता था। अपने फ़ैसले वह काफ़ी सोच-समझकर लिया करता था। इधर मिल मालिक शोषण के नये-नये तरीके खोजते रहते थे और मानिक की मज़दूर यूनियन उनके हथकंडों का तोड़, कि मज़दूरों का नुकसान न होने पाए। मानिक जानता था कि हड़ताल को कब तक और किस दबाव तक खींचना है। यह सब वह अपने मज़दूर साथियों के साथ चर्चा करके ही तय करता था।

मैं सुनता और पढ़ता रहता था कि इधर उसके मिल प्रबंधन ने शोषण का नया तरीका निकाला है, कि मज़दूरों को तीन श्रेणी के नियुक्ति पत्र दिए गए हैं—पूर्ण स्थायी, अर्ध स्थायी और अस्थायी। असल में अस्थायी मज़दूरों को मिल की बिजली बंद होने पर, मशीन में खराबी आ जाने पर या दूसरे किसी कारण से उत्पादन प्रभावित होने पर वेतन दिया ही नहीं जाता था और ज्यादातर मज़दूरों को इसी श्रेणी का कार्ड दिया गया था, भले ही वह पिछले चार साल से काम कर रहा हो। वहीं अर्ध स्थायी मज़दूरों को वेतन आधा ही दिया जाता था। यूनियन ने धीरे-धीरे मिल प्रबंधन के कार्ड की आड़ में किए जा रहे इस शोषण को समझा और इस शोषण के खिलाफ़ लड़ाई छेड़ दी। अस्थायी मज़दूरों की बड़ी संख्या यूनियन की सदस्य थी और उनकी माँगों और हड़तालों से प्रबंधन ऐसा क्षुब्ध हुआ कि मानिक लाल पर मनमाने आरोप लगाकर नौकरी से ही निकाल दिया। लेकिन इससे गुस्सा और भड़क गया वर्करों का। उनके कई हमलों और हथकंडों के बाद भी यूनियन अडिग

रही और झुकी नहीं। इसी लम्बी लड़ाई का नतीजा था कि सबको स्थायी नियुक्ति पत्र देने को उन्हें मजबूर होना पड़ा। कि मानिक को काम पर वापस बुला लिया गया।

...कि मानिक राम साहू लाल खदान के स्पिनिंग मिल के सर्वमान्य श्रमिक नेता हो गए और सादा जीवन जीने, मज़दूर और किसानों के साथ एक-मेक होकर काम करने के कारण बहुत लोकप्रिय...।

कि मानिक राम ने उन दिनों पाया कि राज्य के खंडवा या नागौद जैसी दूसरी स्पिनिंग मिलों की तुलना में लाल खदान के श्रमिकों को कम वेतन दिया जा रहा है। समान वेतन की माँग को लेकर मिल के सारे 1200 मज़दूरों ने मानिक राम की अगुवाई में आंदोलन शुरू कर दिया। यह मैनेजमेंट के खिलाफ़ अब तक की सबसे बड़ी लड़ाई थी! मैनेजमेंट इस माँग को मानने के लिए बिलकुल तैयार नहीं थी और इस हड़ताल को हर कीमत पर तोड़ देना चाहती थी! प्रलोभन से बात बनते नहीं दिखी तो उन्हें धमकाने लगे। यह ऐतिहासिक आंदोलन 78 दिनों तक चलता रहा। आस-पास के गाँवों के किसानों ने इस आंदोलन का न केवल समर्थन किया बल्कि अनाज सहित भरसक आर्थिक मदद करते हुए उनके हौसलों को बनाए रखा।

वे 78 दिन! महमंद लाल खदान के मज़दूर साथी अक्टूबर, नवम्बर और दिसम्बर के अपने उन 78 दिनों को कभी नहीं भूल पाते! वे स्वर्णिम 78 दिन! एक अनथक ऊर्जा से बाढ़ आई नदी के समान लबालब भरे हुए 78 दिन! जैसे इन्हीं दिनों से उनका भविष्य तय होने वाला हो! रात और दिन पंडाल के नीचे दरी पर हड़ताल पर बैठे रहने के 78 दिन! भय, तनाव और आस-निरास में डोलते रहने के 78 डगमग दिन! धरना, ज्ञापन और भाषण और नारों के 78 दिन! लगातार सोचने, बहस करने और लड़ने के 78 दिन! भूख और प्यास के बेहद लम्बे-लम्बे 78 दिन! जीत की उम्मीद के और सपनों के गीत गाने के अनमोल 78 दिन!

...पंडाल में भिलाई के कवि-कथाकार लोकबाबू का गीत साथी मोहनदास गा रहा है...यह उन दिनों का उनका सबसे पसंदीदा गीत था, लगभग रोज़ गाया जाने वाला...

''अब न सहेंगे हम ये पीर हो इतवारी भइया

अब न धरेंगे हम ये धीर हो इतवारी भइया

चांउर अउ दार नइये, मांगे उधार नइये

जिनगी मा अपनी भइया कोई उतार नइये

कब तक बहाएं हम ये नीर हो इतवारी भइया...

चेहरे हज़ार देखे मतलब के यार देखे

गिरगिट से बाज़ी मारे ऐसे हुसियार देखे

इन पर डालेंगे अब ज़ंजीर हो इतवारी भइया... ।''

कोरमी, लिमतरा और दरीघाट सहित आस-पास के गाँवों के लोगों के बेशकीमती आत्मीय सहयोग के 78 दिन! कि किसान और मज़दूरों के एक-मेक हो संघर्ष करने के जुझारू 78 दिन! मोर्चे पर लगातार डटे रहने के अटूट और निर्भीक 78 दिन!

कि इस बार भी अंततः मज़दूरों की जीत हुई!

कि इस जीत और नेतृत्व क्षमता से मानिक की ख्याति पूरे अंचल में फैल गई और उसे रेलवे मेन्स यूनियन, भिलाई इस्पात संयंत्र सहित औद्योगिक क्षेत्रों के असंगठित मज़दूर आंदोलनों से बुलावा आने लगा।

~

इधर मैं कविताएँ लिखने लगा था। देश की सभी प्रमुख पत्र-पत्रिकाओं में मेरी कविताएँ छप रही थीं। इसी सिलसिले में अनेक नामी-गिरामी कवियों-लेखकों से मिलना-जुलना होता था। प्रभात शुक्ला से ऐसे ही किसी कार्यक्रम में भेंट हो जाती थी। वह खुद भी कविताएँ लिखते थे। उनका एक संग्रह *उदास स.फेद रातों की नीली परछाइयाँ* छप कर आ चुका था और राज्य की साहित्य परिषद् से पुरस्कृत भी हो चुका था। प्रभात शुक्ला पहले बस्तर के आदिवासी इलाके के एक महाविद्यालय में प्राध्यापक थे। कुछ बरस हुए हैं उन्होंने अपना तबादला राज्य की राजधानी के एक प्रतिष्ठित महाविद्यालय में करवा लिया है। उनके संपर्क सूत्र व्यापक हैं। कांग्रेस, भाजपा के नामी मंत्रियों और नेताओं से उनके सम्बन्ध हैं। बावजूद इसके वे खुद को 'अल्ट्रा लेफ्टिस्ट' कहते हैं और मज़दूरों, किसानों और आदिवासियों के हक में लेख लिखते रहते हैं।

प्रभात जी दिल्ली जे.एन.यू. के रिसर्च स्कॉलर हैं। अभी यू.जी.सी. से मिले एक प्रोजेक्ट 'भूमंडलीकरण के दौर में मज़दूर आंदोलन और हिन्दी कविता' पर शोध कर रहे हैं।

~

यह अब किसी कहानी की तरह ही बताने की बात हो गई है कि लोकप्रिय मानिक राम ने अपने मज़दूर साथियों और गाँव के लोगों के आग्रह पर पंचायत चुनाव लड़ने का फ़ैसला लिया था। महमंद गाँव के हर वार्ड से अपने पैनल का पंच खड़ा किया। दूसरी तरफ़ मिल प्रबंधन और सूदखोरों का पैनल था। और उनके धनबल और भय के बावजूद इन लोगों का चुनाव जीतना और सर्वसम्मति से मानिक राम का गाँव का सरपंच चुना जाना आज भी अविश्वसनीय और किसी चालू हिन्दी फ़िल्म की कहानी की तरह लगता है जहाँ हीरो अंततः सारे संघर्षों के बाद जीत ही जाता है। मानिक राम की जीत अविश्वसनीय तो नहीं लेकिन बहुत रोमांचकारी थी।...कि हमारे गाँव में इस बार सही मायने में जनता का आदमी जीता था।

लेकिन जीत जाने से ज्यादा कठिन था, इस भ्रष्ट व्यवस्था में विकास कर पाना। यहाँ भी मानिक राम लोगों को संगठित करते और जनता के दबाव से अधिकारियों को बिना कमीशन दिए राशि स्वीकृत करवा लेते। यह सचमुच चली आती भ्रष्ट परम्परा को सुधार पाने का जोखिम भरा काम था।

इधर इलाके का वह पूरा परजीवी तबका जो सरकारी भ्रष्टाचार की बदौलत जीता और फलता-फूलता है, मानिक राम का शत्रु हो गया। उनकी कमाई के रास्ते पर यह आदमी अड़ंगा बना हुआ था। इसी तरह आस-पास के गाँवों में सूदखोरी का धंधा ज़ोरों पर था। गरीब मज़दूर, किसान इनके फंदे में जो एक बार फँस जाते, फिर बाहर निकलना असंभव हो जाता। मानिक राम इसके खिलाफ़ भी मुहिम छेड़े था और इससे मुक्ति दिलाना चाहता था।...गाँव की खाली ज़मीन पर कुछ धनपति भू-माफ़िया कब्ज़ा जमाए बैठे थे। मानिक राम उन ज़मीनों से उनका कब्ज़ा हटवाने के अभियान में जुट गया था...।

सारे ऐसे लोगों की नज़र में वह बुरी तरह खटकने लगा था। उसे पता

था कि उसकी हत्या हो सकती है, इसके बावजूद वह अपनी मुहिम में डटा था। वह जानता था कि किसी भी निर्णायक लड़ाई की कीमत चुकानी होती है...।

उस रात और सामान्य दिनों की ही तरह मानिक राम अपने मज़दूर परिवार के बीमार साथी का हालचाल लेकर घर लौट रहे थे। रात काफ़ी हो चुकी थी। आज शाम तेज़ आँधी ने जो तबाही मचाई थी उसके चलते बिजली के खंबे और तार टूट गए थे। अँधेरा बहुत गहरा था। मुख्य सड़क पर जहाँ उसके घर के लिए एक संकरी गली मुड़ती है, वहाँ अँधेरे में एक ट्रक खड़ा था जिसमें हत्यारे उसके आने का इंतज़ार करते छिपे बैठे थे। जैसे ही मानिक राम अपने घर को जाने वाली संकरी सड़क पर मुड़े, हत्यारों ने हमला बोल दिया। कट्टे से गोली चलाई, जो पीठ पर लगी। मानिक राम अपनी जान बचाने के लिए घर की तरफ़ दौड़े, लेकिन गुप्ती, तलवार जैसे धारदार हथियारों से लैस वे हत्यारे मानिक राम पर टूट पड़े, और...

~

''हाँ, जनकलाल ठाकुर जी, मैं प्रभात शुक्ला। और कैसे हैं?''

''नमस्कार प्रभात जी। इधर सब ठीक है। आप सुनाइए। क्या कर रहे हैं आप हमारे लिए।''

''आपने जो ज़िम्मेदारी मुझे सौंपी है, पता नहीं उसे कितना आप लोगों की उम्मीदों के मुताबिक कर पाऊँगा। करने को तो मैंने नेशनल लेवल के बड़े-बड़े आयोजन किए हैं, लेकिन इस बार जो ख़ुशी मिल रही है, जैसा मन उमगा हुआ है, आप यकीन नहीं करेंगे, पहले कभी नहीं हुआ...आ'म सो मच एक्साइटेड!...रिअली! मन में बस एक ही बात आ रही है, मानिक भाई का कार्यक्रम हम सबका कार्यक्रम है और काफ़ी बढ़िया ढंग से करना है। वही बताने के लिए मैंने फ़ोन किया है। हुआ यूँ कि एक कार्यक्रम में मुख्यमंत्री टकरा गए। हमसे पूछा, 'कहिए, क्या कर रहे हैं इन दिनों।' मैंने कहा, 'जो काम आपकी सरकार को करना चाहिए उसे कर रहे हैं। आप लोगों ने तो महज़ कुछ नाम तय कर रखे हैं मसलन गाँधीजी, विवेकानन्द वगैरह। इससे नीचे तो आप लोग देखते ही नहीं हो। कितने सारे लोग हैं...जिन्हें आपकी

सरकार जानती ही नहीं है, या उन्हें अपने वैचारिक मतभेदों के कारण आप लोग सामने आने ही नहीं देते। तो आपकी सरकार से उपेक्षित किंतु जनता में लोकप्रिय ऐसे लोगों का कार्यक्रम हम लोग करने जा रहे हैं।' पता नहीं उनको मेरी बात लगी या उनकी भलमानुसता—अपने पी एम टाइप की—जाग गई, बोले, 'अरे ऐसा बिलकुल नहीं है। हम वैचारिक आग्रहों से ऊपर उठकर काम करना चाहते हैं, आप बताइये तो सही।' तब मैंने बताया, 'हम कामरेड मानिक राम की मूर्ति की स्थापना करने जा रहे हैं।' और आप यकीन नहीं करेंगे, मैं खुद चकित रह गया था, जब उन्होंने बताया कि कामरेड मानिक राम जी से तो मेरा कई बार मिलना हुआ है, तब मैं राज्य का उद्योग मंत्री था और उनसे भेंट होती रहती थी। जनकलाल जी, मुख्यमंत्री ने मुझसे अनुरोध किया कि मैं इस कार्यक्रम में ज़रूर रहूँगा, भले ही मुझे आपके कामरेड नीचे दरी पर बिठाएँ, यह मेरा सौभाग्य होगा।...तब कुछ देर के लिए मैं भी सोच में पड़ गया। मैंने उनसे कहा कि हम सोच के बताते हैं और मैं उनको भूल गया यह सोचकर कि वह भी अपने कार्यक्रमों की व्यस्तता में भूल जाएँगे। पर अगली सुबह दस बजे सीएम हाउस से सेक्रेटरी का फ़ोन आ गया कि सर आपसे मिलना चाहते हैं, आप अभी फ़ौरन आ जाइये। इस बीच मैंने भी काफ़ी कुछ सोच लिया था। मेरी आँखों के सामने कामरेड का टूटा-फूटा छानी वाला घर था, बड़े हो रहे बच्चों की शिक्षा-दीक्षा और नौकरी की समस्या थी और कमज़ोर आर्थिक स्थिति थी...भाभी का परेशान चेहरा था...। मैंने यह भी सोचा कि क्यों हमारे मानिक राम जैसे कामरेडों को पूरा जीवन गरीबी और जहालत में गुज़ारना पड़ता है? एक ठीक-ठाक अच्छी ज़िंदगी पर क्या केवल मंत्रियों और अफ़सरों का ही हक है? उन्होंने जीवन भर संघर्ष किया, तो क्या हम जैसे साथियों की यह ज़िम्मेदारी नहीं हो जाती कि उन्हें अच्छी ज़िंदगी मुहैया कराएँ...? हम खाली उनके नाम पर 'ज़िंदाबाद-ज़िंदाबाद' के नारे लगाकर उनके परिवार को क्या सुरक्षा दे पाएँगे? मुझे नारों की ऐसी थोथी भावुकता से चिढ़ है जो कोई रिज़ल्ट न दे सके! फिर, मैं पूछता हूँ, क्यों हम ऐसे कामरेडों को मरने के लिए खुला छोड़ देते हैं? उनकी सुरक्षा का इंतज़ाम करना क्या हमारा काम नहीं है? माओ ने कहा था कि एक क्रांतिकारी का मरना पहाड़ के ढहने जैसा होता है और साधारण लोगों का मरना पेड़ के सूखे

पत्तों की तरह। देखो कि हम उनके मरने के बाद बड़े गर्व से उनकी लाश की राजनीति करते हैं, फ़ोटो उठाए घूमते हैं...देखो हमारा शहीद!...तो, जहाँ बड़े लोगों की सुरक्षा नहीं है, छोटा क्यों शामिल होगा तुम्हारी पार्टी में? क्या मरने के लिए? हम बहुत ग़लत प्रचार करते हैं—हमारे क्रांतिकारी हँसते-हँसते फाँसी पर झूल गए! क्या भगत सिंह फाँसी चढ़ने के लिए क्रांतिकारी बने थे? नहीं, वे देश को आज़ाद कराने और समाजवाद लाने के लिए क्रांतिकारी बने थे। लेकिन बुर्जुआ पार्टियों को तो छोड़िए, हमारी पार्टियों को भी अपनी राजनीति करने को हमेशा ऐसे शहीदों की ज़रूरत रहती है...वह भगत सिंह हों या स़फदर हाशमी। हमको हमारे कामरेडों के ज़िंदाबाद के नारे ही नहीं लगाने हैं, वरन् उनकी सुरक्षा और सुविधा का पुख्ता इंतज़ाम भी करना है। मैं यही सब सोचकर सीएम से मिलने गया। और जनक भाई, वह आदमी विचारधारा से चाहे जो हो लेकिन संवेदनशील तो है, आदमी की पहचान तो उसे है। उन्होंने कहा, 'जो भी आप उनकी समस्या बताइये हम पूरी करेंगे और इसकी घोषणा उसी दिन न केवल मंच से करेंगे, बल्कि तत्काल चेक देंगे। कामरेड मानिक राम का घर हमारे राज्य के लिए धरोहर है, हम उसे बढ़िया स्मारक बनवाएँगे।' और कहा कि हम उनकी स्मृति में एक लाख के राज्य स्तरीय 'श्रमवीर पुरस्कार' की घोषणा करेंगे। आप देश के सबसे अच्छे मूर्तिकार को मूर्ति बनाने का आदेश दीजिए। संगमरमर की नहीं, मेटल की बनवाइये। यह हमारे राज्य के लिए बहुत गौरव की बात है...।''

इसके आगे मैं कुछ सुन नहीं पाया या ध्यान नहीं। अपनी भावनात्मक विह्वलता के कारण। कितनी बड़ी बात है कि मानिक राम की प्रतिमा मेटल की होगी और, भौजी और बच्चों को सुविधाएँ मिलेंगी जो अब तक उन्हें कभी नहीं मिल पायीं, उनके जीवन में आर्थिक स्थिरता आ जाएगी, कि यह भी तो परिवार चलाने के लिए ज़रूरी है...।

मैं वह दृश्य देखने लगा जब मानिक की प्रतिमा का अनावरण होगा... सामने हज़ारों की भीड़ होगी...कैसा अद्भुत दृश्य होगा!..दूर-दूर तक मैदान में लाल झंडे हवा में फरफराते होंगे...मंच पर मुख्यमंत्री के बगल में हमारे साथी और भाभी बैठे होंगे और 'कामरेड मानिक राम ज़िंदाबाद!!' के नारे हवा में गूँज रहे होंगे...लड़के को सरकारी नौकरी...रहने को एक अच्छा-सा घर...।

मैंने तत्काल ननकू को फ़ोन लगाकर बताया...कि ऐसा-ऐसा चमत्कार हो रहा है...।

ननकू पूरी गंभीरता से मेरे उत्साह कथन को सुनता रहा। फिर कहा, ''ऐसा है साथी कि इस पर फ़ैसला हम अकेले नहीं ले सकते। मैं पार्टी के साथियों की बैठक बुलाता हूँ, उसमें आप भी आइये और सारी बात बताइये। हम सब मिलकर तय करेंगे...।''

~

पार्टी ऑफ़िस यूनियन के पदाधिकारियों और कार्यकारिणी सदस्यों से खचाखच भरा हुआ है। ऑफ़िस में कुर्सियाँ कम हैं तो कुछ साथी बैंचों पर बैठे हुए हैं। बीस-बाइस के आस-पास सब होंगे। सबके केंद्र में मैं हूँ मुझे सारी बातें इन्हें बतानी हैं। बैठक में जमना भौजी भी हैं, कुछ अन्य महिला साथिनों के साथ।

मैं एक नज़र पूरे वातावरण पर डालता हूँ। बाँस की खपच्चियों और छानीवाला साधारण कार्यालय जिसे शायद इन साथियों ने ही तैयार किया है। मेरे सामने की दीवाल पर एक ट्यूब लाइट की दुधिया रोशनी है, जिसके नीचे लेनिन, मार्क्स, स्टालिन और माओ के पोस्टर हैं। ट्यूबलाइट के पास एक चितकबरी छिपकली है...शिकार को तत्पर अपनी गोल उभरी आँखें गड़ाए।

सबके चेहरे आज गंभीर हैं और एक छिपी हुई कसमसाहट, जो मानो जल्दी ही बाहर आ जाना चाहती हो। कुछ साथी तो फ़ैक्टरी से छूटकर सीधे यहीं आ गए हैं, इसके बावजूद उनके गहरे साँवले चेहरों पर किसी तनाव की झलक है, जो मेरे लिए एकदम नयी बात है। इनकी तेज़ साँसों से निकलती बीड़ी की कसैली गंध कमरे में है। आमतौर पर इनमें से कुछ के साथ मिला हूँ तो इनके चेहरों में एक सहजता, आत्मीयता और हँसमुखता रही है, पर आज किसी ज़रूरी, किंतु बेहद महत्त्वपूर्ण निर्णय पर पहुँचने की उद्विगनता है...।

मैं बताना शुरू करता हूँ...और उनके मेहनती कसे हुए चेहरे और कसने लग जाते हैं।

मैंने यहाँ बोलते हुए खुद को किसी दूत की तरह बिलकुल तटस्थ नहीं रखा है। मैंने अपनी राय एक तरह से प्रभात शुक्ला की ही बात में बहुत महीन ढंग से मिला दी है, आटे में नमक की तरह, क्योंकि इस स्थिति के आने का

कुछ पूर्वाभास तो मुझे भी था। लेकिन सरकार से मिल जाने वाली सुविधाएँ किसी भी परिवार के लिए एक बड़ी बात है, खासकर ऐसे रोजगारहीन कठिन समय में जहाँ कई तरह की डिग्रीवाले नौजवान को एक छोटी-सी नौकरी के लिए दर-दर भटकना पड़ रहा है...। मेरे हिसाब से यह एक अवसर था जिसका लाभ ले लेना चाहिए। सिद्धांत और वाद की लड़ाई तो हस्बेमामूल चलती ही रहेगी...। यों भी इस परिवार ने अपना मुखिया खो दिया है, इस बात को हमें भूलना नहीं चाहिए...।

मेरी बात समाप्त होते ही यहाँ तीखी बहस छिड़ जाती है। कमरे में खासी उत्तेजना भर गई है। लग रहा है कि सारे साथी घुमा-फिराकर वही बात बोल रहे हैं। लोग ज़ोर-ज़ोर से बोल रहे हैं—

— यह बिलकुल ग़लत बात है!

— यह कामरेड की हत्या और उसके कारणों को सरकार की धो-पोंछ डालने की साज़िश है!

— कामरेड जीवन भर जिन सिद्धांतों को लेकर जीते रहे, उनको कचरे में फेंकने जैसा है!

— यह उनके जीवन और कर्म के साथ सबसे भद्दा मज़ाक होगा। हम ऐसा कभी नहीं होने देंगे!

— यही मुख्यमंत्री हैं जो तब उद्योग मंत्री रहते हुए हमेशा मैनेजमेंट को सपोर्ट करते थे और कामरेड को झूठे केसों में फँसाने में इनका भी बहुत बड़ा हाथ है!

— और कामरेड की हत्या के बाद इन्होंने क्या किया? कोई जाँच कमीशन भी नहीं बिठाया, न हत्यारों के ऊपर सख्ती का कोई निर्देश दिया! आज बड़े चाहने वाले बने हैं मानिक राम के! तब क्यों ज़बान तालू से चिपक गई थी?

— सब इनकी राजनीति है, अभी दो महीने बाद विधानसभा चुनाव हैं, अपनी हार सामने देखकर मज़दूर तबके पर कामरेड की मूर्ति स्थापना के ज़रिए फुसलाना चाहते हैं। हम उनकी मंशा कभी पूरी नहीं होने देंगे!

— कामरेड की मेटल की मूर्ति लगने से कुछ नहीं होगा! बात उनके संघर्षों को ज़िंदा रखने की है! वो काम हम करेंगे!

— हम आपस में चंदा करके कामरेड की मूर्ति लगवाएँगे! यही सही श्रद्धांजलि होगी कामरेड को!

— रही बात नौकरी की, तो उनके बच्चे को नौकरी भर मिल जाने से तो समस्या हल नहीं हो जाएगी! फिर भी भाभी जी से पूछते हैं, उनकी क्या राय है?

जमना भौजी थोड़ा सकुचाईं, ऐसे सबके केन्द्र में कभी नहीं रहने की सकुचाहट। अपने सिर के पल्लू को हल्का खींचकर उन्होंने कहना शुरू किया, ''आप सब सही बोल रहे हैं। मेरे पति कभी भी केवल अपनी खातिर नहीं जिए। उनको तो जीते जी बहुत बड़े-बड़े लालच दिए गए..छोड़ो ये सब मज़दूरों का साथ...हम तुमको ये बना देंगे, वो बना देंगे...पर वो कभी भी मज़दूर साथी लोगों का हित नहीं छोड़े। कहते थे, 'खुशहाली एक अकेले आदमी के खुश होने से नहीं आती। ये सबके जीवन में आनी चाहिए...।' रही बात नौकरी देने की, तो सरकार से हमको भीख नहीं चाहिए। वो हमारे पति के हत्यारों को वाजिब सज़ा दिला दे—यही बहुत होगा। आज तक तो सुध नहीं लिए, अब चुनाव आया है तो इतना प्रेम दिखा रहे हैं।...मैं नहीं जानती, कल को मेरे बच्चों का क्या होगा...लेकिन मैं इसकी चिंता नहीं करती। अरे, हम ज़िंदगी भर मजूरी करते रहे हैं तो आगे भी कर लेंगे...। लड़के में गुण होगा तो पढ़-लिख के नौकरी पा ही जाएगा और नहीं मिली तो क्या हुआ, लोग मेहनत मजूरी करके अपना पेट पालते हैं कि नहीं! बिना सरकारी नौकरी के लोग मर तो नहीं जाते? जो दूसरे बच्चों का होगा सो हमारे भी बच्चों का होगा!''

मैं बहुत आश्चर्य से भौजी को देख रहा था। ये वही भौजी है, जो गाँव से आई है, जिसे कुछ भी कहते-बोलते एकदम लाज आती थी, जिसे मैं जब-तब छेड़ता रहता था—'कोंदी (गूंगी) भौजी!' भौजी के साँवले उदास चेहरे पर कोई गुस्सा नहीं है, कोई शिकन नहीं है, बल्कि एक फ़ैसला है, ठंडे दिमाग से सोचा हुआ, दीर्घकालीन लड़ाई लड़ने का। विचलनरहित। किसी लालच या भय का दूर-दूर तक नामोनिशान नहीं।

कामरेड भोजराम, यूनियन के स्थानीय अध्यक्ष ने कहा, ''इस सम्बन्ध में मैं कुछ कहना चाहूँगा। पहली बात है कि मुख्यमंत्री बहुत चालाक आदमी है। वह हमारे कामरेड की मज़दूरों में लोकप्रियता को और उनकी शहादत को

अपने वोट बैंक के रूप में भुनाना चाहता है और दूसरी बात ये कि कामरेड मानिक राम की प्रतिमा स्थापना को लेकर शासन से सौदेबाज़ी की जा रही है।''

''सौदेबाज़ी? वो किस तरह की?'' मैंने तत्काल पूछा, क्योंकि मुझे लगा, उनका संदेह कहीं मुझ पर तो नहीं है?

~

कामरेड भोजराम ने कहा, ''हमने पता लगवाया है कि प्रभात शुक्ला ने इस मध्यस्थता के लिए सरकार से पैकेज डील किया है...करोड़ों के बजट से एक सांस्कृतिक सेंटर खोलने की बात चल रही है, जिसके अध्यक्ष प्रभात शुक्ला होंगे, जो एक तरह से सत्ता के विचारों को ज़ोर-शोर से प्रचारित करने का और लोगों को वैचारिक रूप से कुंद करने का काम करेगा। साहित्यकारों और बुद्धिजीवियों को सरकारी आयोजनों में तमाम सुविधाएँ देकर उनको भटकाया जाये। इसके लिए बाकायदा एक टीम गठित कर दी गई है 'साहित्य संस्कृति सेवा' के नाम पर। इसका आवरण जनधर्मी रहेगा। लेकिन काम वही एन.जी.ओ. वाला करेगा...यहाँ की ज़मीनी लड़ाई को कुंद करना...प्रतिरोधी ताकतों को शिथिल करना...। हम ऐसे लोगों के बरगलाने में आने वाले नहीं हैं। ये क्या कदर करेंगे कामरेड मानिक राम की!...जनक लाल जी, आप मना कर दीजिए, हम सरकारी सहयोग के मोहताज नहीं हैं। हम ये काम अपने साथियों के सहयोग से कर लेंगे। क्यों साथियो?'' भोजराम ने अपने साथियों से पूछा।

''बिलकुल ठीक कह रहे हैं, साथी!'' सबने खुलकर इस बात का समर्थन किया और इस समर्थन के बाद मुझे महसूस हुआ कि उनके सीने से मानो कोई बड़ा बोझ उतर गया है और वे खुद को अब हल्का और रिलेक्स महसूस कर रहे हैं। कि फ़ैसला उनके मन मुताबिक हुआ है।

मुझे फ़ोन करने की आवश्यकता नहीं पड़ी, क्योंकि तभी प्रभात शुक्ला का फ़ोन आ गया था—''हाँ, जनकलाल जी, कल हम लोग साइट देखने लाल खदान पहुँच रहे हैं...इनमें कुछ सचिव स्तर के लोग रहेंगे, आखिर मुख्यमंत्री का कार्यक्रम है...बहुत ग्रैंड कार्यक्रम होगा!...मीडियावालों को भी मैंने खबर कर दी है, वो कामरेड मानिक राम के बारे में लिखने लगेंगे...।''

मूर्ति ● 53

उनके उत्साह को मैंने रोका और बताया कि अभी-अभी पार्टी की मीटिंग समाप्त हुई है और सबने एक मत से फ़ैसला लिया है कि कामरेड मानिक राम की प्रतिमा अब खुद स्थापित करेंगे। इसमें किसी मंत्री या अधिकारी की कोई भागीदारी नहीं होगी। ''आपने हमारे लिए इतना सोचा, इसका बहुत-बहुत धन्यवाद!'' और मैंने प्रभात शुक्ला के हड़बड़ाए स्वर में ज़ोर-ज़ोर से 'सुनिए, सुनिए...सुनिए तो' कहते रहने के बावजूद फ़ोन काट दिया और मोबाइल का स्विच ऑफ़ कर दिया।

सामने दीवाल पर छिपकली अभी भी शिकार की तलाश में थी—अपनी आँखें गड़ाए।

गुरू-ग्रंथि

"**अ**ाइये-आइये गुरू! आपका स्वागत है!" कांतिभाई ने बहुत हुलसकर गुरू का स्वागत किया था, अपने घर के दरवाज़े पर ही।

कांतिभाई एकदम खुश हो गए—बिलकुल बच्चों के समान! यह खुश होने की बात ही थी। कितने महीने बाद तो गुरू उनके घर आए हैं!

गुरू कांतिभाई के चंद मित्रों में से हैं और बहुत खास। उनके पारिवारिक और अंतरंग मित्र। कोई तीस साल पुराने साथी और कांतिभाई जब से सुभाष चौक वाला अपना घर बेचकर इधर विजयनगर में शिफ़्ट हुए हैं तब से पुराने दोस्तों का मिलना-जुलना भी कम ही हो गया है।

सुभाष चौक पर कांतिभाई का जो पुश्तैनी घर था, शहर की मुख्य सड़क पर, जो बाज़ार और रेलवे स्टेशन को जोड़ती है, उनका घर उनके पिता का बनाया हुआ पुराना बाड़ा था। उनके तीन सौतेले भाई थे, जो इसी बाड़े में रहते थे। कांतिभाई के हिस्से में सामने से बारह फ़ीट चौड़ा और चालीस फ़ीट लंबा मकान आया था, जिस पर भी भाइयों में विवाद चल रहा था। कांतिभाई ने अपने घर के सामने के कमरे को अपनी चाय की दुकान बना लिया था। यही था उनकी रोज़ी-रोटी का ज़रिया।

और यही चाय की दुकान उनके मित्रों का एक ठिया था—बैठने तथा बात करने का।

अक्सर शाम को जुटनेवाली इस मंडली का हिस्सा थे गुरू।

गुरू आज की तारीख में शहर के बहुत रईस तो नहीं, लेकिन एक जम चुके व्यवसायी अवश्य हैं। आकाश नगर में उनका बड़ा-सा दो मंज़िला मकान है। शहर से 35 किलोमीटर दूर धमधा में शिवनाथ नदी के किनारे उनका सात एकड़ में फैला हुआ ईंट-भट्टा है, जिसका ऑफ़िस उन्होंने आजकल गंजपारा की

मेन रोड पर बना रखा है और कांतिभाई को गुरू की सबसे बड़ी और सबसे अच्छी बात जो लगती है, वह है उनका एक अग्रणी समाज-सेवी होना। एक सामाजिक व्यक्ति के रूप में गुरू का नाम है शहर में। अपने अग्रवाल समाज के ज़िला सचिव हैं ही। अपने समाज के लिए कुछ-न-कुछ करते ही रहते हैं।

गुरू कार में आए थे। ड्राइवर साथ था।

गुरू घर में आए। बैठे। कहा, ''भाभी को बुलाओ।''

''नमस्ते भइया!'' कांतिभाई की पत्नी कमला ने हँसकर कहा।

''भाभी, बेटे की शादी है। ये कार्ड। और आप सबको आना है!''

''अरे वाह! बधाई हो गुरू!'' कांतिभाई कार्ड लेकर देखने लगे।

कमला ने पूछा, ''भइया कब है शादी?''

''भाभी इसी अट्ठाइस को है जैनम पैलेस में। ज़रूर आइये।''

कांतिभाई पत्नी से बोले, ''अरे कुछ चाय-पानी तो लाओ गुरू के लिए...इतने दिनों बाद आए हैं!''

गुरू कहते रहे, ''अरे नहीं कांतिभाई और जगह भी जाना है,'' लेकिन कांतिभाई ने थोड़ी नाराज़गी जताकर ऐसा इसरार किया कि मना नहीं कर सके।

बातचीत में गुरू बताने लगे कि सब कुछ फटाफट तय हो गया और लड़कीवाले तो कांतिभाई, आपसे भी गरीब हैं, एक कमरे का मकान है फाफाडीह रायपुर में। बाप मज़दूर है। माँ भी साड़ी के पीकू-फाल कर लेती है। बेटी बस है, इकलौती। बारहवीं तक पढ़ी। वैसे भी अपन को कौन-सा बहू को नौकरी करानी है? हम तो केवल लड़की देखकर शादी कर रहे हैं। और कांतिभाई, उनकी तो कोई हैसियत ही नहीं कि भवन या पार्टी वगैरह कर सकें। इसलिए हमने उनसे कह दिया है कि भाई, हम तो यहाँ के मैरिज पैलेस में शादी करेंगे। तुम लोग ऐसा करो, अपने परिवार, रिश्तेदारों को लेकर उसी भवन में आ जाओ। दान-दहेज़ और खर्चे की चिंता करने की कोई ज़रूरत नहीं। आपको आना है कांतिभाई!''

''अरे गुरू, ये भी कोई कहने की बात है?'' कांतिभाई गुरू की इस प्रगतिशीलता से प्रभावित हुए। बोले, ''ज़रूर आयेंगे!''

गुरू ने चाय आने पर उनकी पत्नी से फिर कहा, ''आना है भाभी। हर हाल में। कोई बहाना नहीं चलेगा, है ना?''

''आएँगे ना भइया। बिलकुल आएँगे,'' कमला हँसकर बोली।

जाते-जाते गुरू कांतिभाई के बेटे-बेटी से भी बोले—''तुम लोगों को भी आना है...पक्का!''

''जी चाचाजी! आएँगे,'' राजू और पिंकी हँसकर बोले।

''चलता हूँ यार!'' सोफ़े से उठते हुए बोले, ''कितना काम रहता है साला इस शादी-ब्याह में! अभी पद्मनाभपुर निकलना है रिश्तेदारों के यहाँ, फिर महावीर कालोनी, फिर रायपुर..।''

''अरे गुरू, जब लड़के की शादी हो रही है तो बाप को तो पसीना बहाना ही पड़ेगा!'' कांतिभाई ने कहा तो गुरू बोले, ''कांतिभाई, बाप ने चाहे जितना पसीना बहाया हो पर ब्याह के बाद तो लौंडा बाप को नहीं, खाली डउकी को ही पूछेगा!''

हँस पड़े कांतिभाई। गुरू ने यह कहा तो उनको मज़ा आ गया! सोचा, 'अरे गुरू साला आज भी वैसा ही है! वैसे ही खुले दिल का, ज़िंदादिल! खुशमिज़ाज!'

गुरू को कांतिभाई ने विदा किया। उसकी कार को वो अगले मोड़ तक जाते देखते रहे, बहुत सुख के भाव से।

~

कांतिभाई के आगे यादों के बहुत सारे चित्र हैं... गुरू के साथ बीते इतने दिनों के...कोई तीस साल पहले से शुरू।

...सुभाष चौक की उसी लाइन में जिसमें कांतिभाई की चाय की दुकान है, गुरू—विनोद अग्रवाल—ने एक छोटे-से कमरे में अपनी शॉप डाली है—'रेनबो कलर लैब'! गुरू का परिवार भाटपारा से यहाँ आया है। माता-पिता और गुरू सहित तीन भाई। आदर्श नगर में किराये के मकान में रह रहे हैं। धंधे के मामले में बहुत दूरदर्शी है गुरू। दूसरों से दस कदम आगे की सोच लेने वाला। इन्हीं दिनों दुर्ग से लगे भिलाई के सिविक सेंटर में उनके किसी रिश्तेदार ने जापान की ऑटोमेटिक फ़ोटो कलर प्रिंटर मशीन लगाई थी। यह इस इलाके में फ़ोटोग्राफ़ी के क्षेत्र में नयी और बड़ी क्रांतिकारी पहलकदमी थी।

इस मशीन ने फ़ोटो की प्रिंटिंग एकदम आसान कर दी थी। फ़ोटोकॉपी निकालने के जैसा। अब स्टूडियो वालों को अपने स्टूडियो के डार्करूम में मगज़मारी करने और समय खपाने की ज़रूरत नहीं थी। फ़ोटो रील को मशीन प्रिंट कर लेती थी। शहर में अपनी तरह की यह पहली दुकान थी। प्रतिसाद अच्छा मिलना ही था। गुरू ने पहले घूम-घूमकर शहर के तमाम फ़ोटो स्टूडियोज़ से फ़ोटो रील लेकर उन्हें प्रिंट कराने का ऑर्डर लेना शुरू किया। फिर साल भर के भीतर ही आस-पास के पूरे इलाके से—क्या डोंगरगढ़, क्या कवर्धा और क्या राजहरा, सब जगह से ऑर्डर मिलने लगे! दुकान में उनका छोटा भाई राजू बैठने लगा और उन दिनों देखते कि गुरू अपनी लूना से गाँव और शहर के तमाम स्टूडियोज़ छान मार रहे हैं ऑर्डर लेने के लिए। उनका धंधा चल निकला। अब उसकी दुकान में फ़ोटो-स्टूडियो वालों की भीड़ रहने लगी। आगे गुरू ने काम बढ़ जाने पर दूर-दराज़ के गाँवों, तहसीलों में अपने एजेंट बना लिए, जो वहाँ के फ़ोटो-स्टूडियो की रीलों का कलेक्शन करके यहाँ प्रिंटिंग के लिये दे जाते और दूसरे दिन प्रिंट ले जाते।

~

कोई पाँच साल लग गए इस धंधे को जमने में। गुरू गले में गमछा डाले अपनी लूना में मस्त। दिनभर धूल, धूप में यहाँ-वहाँ की चक्करदारी के बाद शाम को कांतिभाई की चाय की दुकान में बैठते, फुरसत से। जहाँ इस समय आस-पास के और भी कारोबारी या दूसरे लोग जमा हो जाते। फिर गप्प ऊपर गप्प! दुनिया जहान की बातें और किस्से! राजनीति, सिनेमा, समाज, धरम, परिवार. जो भी चर्चा छिड़ जाए। इस समय तक कांतिभाई भी फ्री हो चुके होते और इस मंडली के साथ अपना समय बिताते।

गुरू को 'गुरू' नाम इसी चहकड़ी मंडली का दिया हुआ है। और यह ऐसा पड़ा कि आज भी बहुत से लोग उनको उनके असली नाम से जानते ही नहीं। गुरू असल में बहुत व्यावहारिक आदमी हैं। जीवन के अनेक उतार-चढ़ाव, धूप-छांव के अनुभवों से भरे। धंधे के सिलसिले में आस-पास ही नहीं, दिल्ली, मुंबई या कलकत्ते तक की खाक छाने हुए। और बतरसिया गुरू की

हर मामले में राय हाज़िर! तुमको किसी से उधारी लेनी हो, किसी से उधारी वसूलनी हो, मकान बनवाना हो, इंजीनियर को पटाना हो, नया धंधा शुरू करना हो, ऑफ़िस के बाबू से अपनी फ़ाइल पर ओ.के. रिपोर्ट लेनी हो, रेलवे में रिज़र्वेशन के लिए टी.टी. को पटाना हो, सब काम के लिए उनके पास नुस्खे हाज़िर! चाहे बेटी की शादी में उजड्डु बारातियों से निपटना हो या ऐन मौके पर कम पड़ गई दाल के संकट से उबरना हो...सब पर उनकी राय हाज़िर! अपनी पतली, लचकीली आवाज़ में गुरू ज्ञान दे रहे हैं—''तुम बारातियों से प्रेम से बोलो कि अभी आ रहा है भाई। उन्हें बातचीत में फुसलाए रखो, तब तक बची दाल में पानी मिलाकर करछुल चलवा दो...किसको पता चलेगा?'' यहाँ तक कि किसी को अपने परिजन के अस्थि-विसर्जन के लिए राजिम या इलाहाबाद जाना हो, तो गुरू के वहाँ ऐसे समाजसेवियों से संपर्क हैं जो आपको न केवल कम-से-कम खर्चे में पंडा उपलब्ध करवा देंगे, बल्कि पूजा-पाठ में होने वाली लूट से भी बचा देंगे। गरज कि गुरू हर तरह की सेवा में हाज़िर और माहिर। इसीलिए तो गुरू हैं!

गहरे साँवले रंग के, मंझोले कद और हल्की गदबदी देह के खुशमिज़ाज गुरू सबके चहेते हैं। सिर के सामने के बाल बहुत पहले से झड़ गए हैं। और गुरू अपने लिए ही नहीं दूसरों के लिए भी कर्मठ हैं। चौक पर ही कांतिभाई की दुकान के ठीक सामने सड़क पार पर रियाज़ की गद्दा-तकिया सिलने की दुकान है। उस दिन जाने कैसे दिनदहाड़े उसकी रुई की दुकान में आग लग गई। उन दिनों नगर निगम में अग्निशामक गाड़ियाँ नहीं थीं। भिलाई से बुलाना पड़ता था जिसमें काफ़ी समय लग जाता था। आग लगी तो आस-पास के सारे धंधेवाले इसे बुझाने में जुट गए। कांतिभाई देख रहे हैं, अपना धंधा छोड़कर गुरू भी भिड़े हुए हैं, बाल्टी भर-भरकर कुएँ से पानी ला रहे हैं, उनके कपड़े और शरीर पसीने से एकदम तरबतर...सर के बाल भी माथे से पसीने के कारण चिपके हुए हैं, लेकिन गुरू हैं कि भिड़े हुए हैं किसी भूत की तरह...।

और मज़ाकिया भी कम नहीं। जहाँ गुरू हैं वहाँ हँसी-मज़ाक चलता ही रहेगा। कांतिभाई को याद है कैसे गुरू के आने के बाद वहाँ कहकहे फूटने लगते थे!

गुरू अपना अनुभव बता रहे हैं, ''अरे भाई, इन डौकी लोगों को क्या

कहें, शादी हुए साला बीस साल बीत गए लेकिन आज भी रात में उनसे पूछो तो जवाब—'नहीं। नहीं। नहीं!' अरे यार कभी तो बोलो हाँ! इन लोगों को मानो किसी ने ज़िंदगी भर के लिए कसम दिला रखी है कि अपनी तरफ़ से हाँ नहीं बोलना! साला पचीस बार उनकी 'नहीं' सुनके भी 'हाँ' के लिए पीछे पड़े रहना पड़ता है! अरे चलो ना...अरे चलो ना...!''

कभी बता रहे हैं, ''यार, मुझको तो आज भी खुले में निपटना अच्छा लगता है। मैं तो घूमता ही रहता हूँ। बाहर प्रेशर बना तो कभी किसी खेत में या कभी नाले के पास या कभी नदी किनारे..। इस सुख का तो कोई मुकाबला ही नहीं! आह्हाऽऽऽऽ.. कितना चैन मिलता है खुले में बैठने से! बैठे रहो इत्मीनान से...देखते रहो सामने नदी, पेड़, पंछी, आसमान...इस सुख को तो भइया निबटने वाला ही जान सकता है! और तुम लोगों को बताता हूँ, मैं मान लो शहर में आ भी गया होऊँ, तो भी नाला या तालाब खोजता हूँ...।''

कोई टोक देता,—''अरे क्या फालतू बात करते हो गुरू?''

''अरे, इसमें फालतू बात क्या है? तुम प्रकृति के नज़दीक जाओ तो ही जीवन का असली सुख है! ये क्या कि साला एक दड़बे में ज़िंदगी गुज़ार देना!''

गुरू का दिमाग तेज़ चलता है। धंधे के मामले में हमेशा कुछ-न-कुछ नया ही सोचते हैं। उनकी नज़र बराबर इस बात पर रहती है कि मार्केट में नया क्या आया है, जिसकी आगे चलकर डिमांड बढ़ सकती है...।

इन्हीं दिनों कंस्ट्रक्शन-मार्केट में परम्परागत कुम्हारों या चिमनी की बनी ईंटों की जगह हॉलो ब्रिक्स और सीमेंट पोल का चलन शुरू हुआ था। सबसे छोटा भाई पप्पू अभी-अभी ग्रेजुएट हुआ था और गुरू का विचार है कि लड़का कहीं बहके, इससे पहले ही उसको कोई ज़िम्मेदारी दे दो। गुरू ने इस उद्योग के लिए भिड़-भिड़ाकर राज्य उद्योग विभाग से मंजूरी ली और बैंक से लोन फ़ाइनेंस कराया। पास के गाँव जेवरा में मेन रोड से लगी एक जगह खरीदकर यह काम शुरू कर दिया। इस नये धंधे को जमाने में, सरकारी विभागों के अधिकारियों और बाबुओं को प्रभावित करने में उनकी कर्मठता, दक्षता और वाकपटुता ही काम आयी। जल्दी ही बड़े सरकारी ऑर्डर मिलने लगे। जब देखा कि सब मामला अच्छे से 'सेट' हो गया है तब इसकी ज़िम्मेदारी पप्पू को सौंप दी और उसने इसे बखूबी सँभाल लिया।

गुरू ने दोनों भाइयों की शादी भी खूब धूमधाम से की। घर में बहुएँ आ गईं।

लेकिन डेढ़-दो साल बाद ही गुरू ने जब दुर्ग से पैंतीस किलोमीटर दूर धमधा में शिवनाथ नदी के किनारे पाँच एकड़ का खेत खरीदा तो सभी चौंक गए। यही नहीं, गुरू अपने परिवार—पत्नी और दो बेटों—के साथ अचानक वहीं रहने लगे और खेतीबाड़ी करने लगे, तो सब चकरा गए। शहर में बसा, जमा-जमाया कारोबार छोड़कर यों कोई गाँव में रहने लगे, वो भी परिवार सहित, तब लगा कि मामला गहरा है, कोई पारिवारिक विवाद ही इसकी जड़ में है।

लेकिन गुरू ने कभी खुलकर इसके बारे में नहीं बताया। इतना ही बताया, ''कांतिभाई, अब चार बर्तन जहाँ रहेंगे वहाँ खटपट तो होगी ही। और डौकी लोगों को तो जानते ही हो!'' मेरी बीवी ही अड़ गई—इस घर में अब एक मिनट नहीं रहना है! जबकि बच्चे अभी आठवीं-नौवीं में पढ़ रह थे।

गाँव में अच्छे और बड़े प्राइवेट स्कूल तो थे नहीं, लिहाज़ा बच्चों को गाँव के सरकारी स्कूल में ही भरती करा दिया गया। यह उनके परिवार में विचित्र बात हो गई। जिन भाइयों को उन्होंने पढ़ाया लिखाया, धंधे-पानी से लगाया, उनके बच्चे तो शहर के नामी प्राइवेट इंग्लिश मीडियम स्कूल में पढ़ रहे थे और उनके खुद के बच्चे गाँव के सरकारी स्कूल में! लेकिन गुरू का मानना है कि सब कुछ स्कूल से थोड़े ही तय होता है! आपका भविष्य आपकी काबिलियत में है, न कि किसी स्कूल विशेष में! यह सिद्धांत उन्होंने शिक्षा के इन घोर व्यवसायीकरण और निजीकरण के दौर में भी बनाये रखा, ये उनके हौसले की ही बात है।

गुरू ने गाँव में रहते हुए कुछ और ज़मीन खरीद ली। अपना ईंट भट्टा लगा लिया। उसका एक ऑफ़िस शहर में बना लिया।

बच्चे पढ़ते गए और बढ़ते गए।

यहीं अब गुरू के बेटे की कहानी शुरू होती है, जिसके बारे में वह कांतिभाई को बीच-बीच में बताते रहे हैं।

दो बरस पहले गुरू एक बार कांतिभाई से मिलने आए थे, तब काफ़ी परेशान थे। इतना परेशान कांतिभाई ने उन्हें कभी नहीं देखा था और मानसिक रूप से भी बहुत कमज़ोर और टूटे हुए लगे थे। उनके चेहरे पर जिंदादिली

की वह मुस्कान—जो उनकी खास पहचान है—गायब थी कि हर समस्या का अपनी तरह से हल बताने वाले गुरू जैसे खुद किसी समस्या में उलझ गए थे।

समस्या थी—बेटे का प्रेम-विवाह के लिए अड़ जाना!

स्कूल के ज़माने से गाँव में अपने साथ ही पढ़ने वाली एक लड़की से उनका बेटा प्रेम करता था और अब विवाह उसी से करूँगा कि ज़िद करने लगा। उन्होंने पता लगा लिया था कि लड़की सुंदर है और उनके बेटे के साथ जोड़ी अच्छी दिखाई देगी। यहाँ तक तो कोई समस्या नहीं थी। समस्या थी लड़की की जात। वह यादव थी। यही बात उनको पसंद नहीं थी।

''यार, साले को लड़की पसंद भी करनी थी तो थोड़ा जात-बिरादरी देखकर करता! तब तो कोई दिक्कत नहीं थी। लड़की गरीब घर की भी होती तो चल जाता। और मैं जो अपने समाज का मुखिया हूँ, अपने ही बेटे की शादी कैसे जात के बाहर कर दूँ? समाजवाले क्या कहेंगे। देखो भाई, तुम मानते हो या न मानते हो, लेकिन मैं तो मानता हूँ। ये जात-पांत हमारे पुरखों ने बनाई है तो कुछ सोचकर ही बनाई है और अपने यहाँ तो यही शादियाँ सफल हैं। लव-मैरिज वाले कितने ही जोड़ों का हाल मैं खुद देख चुका हूँ। मैंने भी अपनी ज़िद लड़के को बता दी है कि देख बेटा, तेरे को अगर इस घर में रहना है तो हमारी मर्ज़ी से शादी करनी पड़ेगी। नहीं तो अपना बोरिया बिस्तर समेट और निकल ले!''

लड़का तब तक नहीं माना था। ज़िद कि शादी उसी लड़की से करूँगा।

''यार, तुम लोग आ के समझाओ उसको। घर में ऐसे थोड़े ही चलता है!'' गुरू ने कहा।

''अरे गुरू, हम लोग भला क्या समझाएँगे? वो भी आपके जैसे समझानेवाले के होते?'' कांतिभाई ने टालने की कोशिश की, ''वो जवान लड़का है, अपना भला-बुरा खुद समझने लगा है, हम लोग क्या बोलेंगे?''

''अरे कांतिभाई, एक बार समझाने में क्या हर्ज़ है? घर की ही बात है,'' गुरू ने आग्रह किया।

कांतिभाई का जाने का मन नहीं था। लेकिन लगा, कहीं गुरू इस बात का बुरा न मान जाए कि देखो एक काम बोला, वो भी...? इसलिए एक दिन चले गए अपने ग्रुप के ही एक मित्र को साथ लेकर। कांतिभाई को जाते

हुए कोई खुशफ़हमी नहीं थी। उल्टे अटपटा ही लग रहा था और सच में वे हड़बड़ा गए, जब इतने दिनों बाद अब जवान हो चुके एक लड़के से कमरे में मिले। कांतिभाई ने गुरू के हवाले से उसे अपनी तरह से समझाया—जैसे एक जवान बेटे को समझाया जाता है।

लेकिन लड़के ने अपना रुख साफ़ कर दिया कि वह अपने पुराने निर्णय पर कायम है। अब जवान लड़के से ज़्यादा कोई क्या बोले?

वहाँ से लौटते हुए मन में बात पक्की हो गई थी कि ये नहीं मानेगा। और फिर सोचा कि जयगुरू को दिक्कत क्या है? लड़का जहाँ चाहता है, कर दे वहीं शादी। घर में और कोई समस्या तो है नहीं, कि पहले कमा के दिखा, या अपने पाँवों पर पहले खड़े हो के दिखा...।

लेकिन आगे जाने क्या हुआ कि इस बार भी जीत गुरू की ही हुई! गाँव में गुरू ने क्या तिकड़म भिड़ाई यह तो वही जाने, लेकिन लड़का बाप की बात मान गया!

गुरू मिलने आये तो काफ़ी खुश थे, ''चलो यार, बला टली! अब लड़के की शादी दिल खोलकर करूँगा! अब लड़की भले ही गरीब घर की हो, मैं सोचूँगा नहीं!''

अगली बार जब गुरू मिले तो इसी खुशखबरी के साथ। उन्होंने रायपुर में एक लड़की देख ली थी। लड़के को भी लड़की पसंद आ गई है। गुरू ने किंचित गर्व से बताया था, ''बेटे का रिश्ता जहाँ हुआ है कांतिभाई, उनका घर तो तुम्हारे घर से भी छोटा है। बिलकुल एक कमरे का मकान। बाप किसी बर्तन की दुकान में काम करता है। एक ही बेटी है। पर अपन ने लड़की की हैसियत बिलकुल नहीं देखी। अरे यार, जब हमारे जैसे लोग उनका नहीं सोचेंगे तो फिर कौन सोचेगा? गरीब घर से है तो क्या हुआ, यहाँ आकर सब सीख जाएगी!'' कांतिभाई ने नोटिस किया, गुरू का साँवला चेहरा चमक रहा है, अपनी मदद से किसी गरीब का उद्धार कर देने वाले किसी दानवीर सेठ के चेहरे की तरह!

कांतिभाई को गुरू की यह बात बहुत अच्छी लगी थी कि उन्होंने बेटे का रिश्ता करते हुए हैसियत की ऊँच-नीच नहीं देखी थी। यह एक बड़ी बात थी! उन्होंने खुश होकर उनको बधाई दी थी!

बारात निकलने के पहले ही कांतिभाई सपरिवार विवाह-स्थल पर पहुँच गए थे। भई, आखिर दोस्त के बेटे की शादी है।

...सारा कुछ अमूमन वैसा ही था जो आमतौर पर ऐसी रिसेप्शन पार्टियों में देखने को मिलता है। बिजली की चमकती रंगबिरंगी झालरें, एक ओर खाने-पीने के सजे हुए स्टॉल, दूल्हा-दुल्हन के लिए सजा मंडप.., स्टेज... पानी के रंगीन फ़व्वारे, हल्का-हल्का बजता मन को भाता संगीत..। फिर यहाँ कांतिभाई को अपने लगभग सारे पुराने साथी मिल गए, जिससे आनंद दुगुना हो गया! उनमें जमके हँसी-मज़ाक होने लगे। बढ़िया हँसी-खुशी का वातावरण!

शादी में सब कुछ नियम और रस्मों के मुताबिक निपट रहा था। कांतिभाई लड़के पक्ष की तरफ़ से गुरू के साथ खड़े थे। गुरू आज ग्रे रंग के चमकीले सूट में चमक रहे थे, सिर पे गुलाबी साफ़ा बाँधे हुए। वर पक्ष के तमाम रिश्तेदार यही साफ़ा बाँधे हुए थे।

बारात बाजे-गाजे, आतिशबाज़ियों और लड़कों के जमकर नाचते-गाते हुजूम के साथ घूमकर लौटी। अब समय था वधू पक्ष द्वारा वर पक्ष के लोगों का स्वागत करने का।

लड़की के पिता, जो सफ़ेद कुरते-पाजामे में थे, गमछे का फेंटा बाँधे हुए, अभी वर के तमाम रिश्तेदारों के पैर धोने का नेग निभा रहे थे। सबसे आगे वहाँ गुरू खड़े थे, जो अपने समधी को उनका परिचय देते हुए पैर धुलवाने एक-एक कर बुलाते जा रहे थे। कांतिभाई देख रहे थे, पैर धुलवाने वाले गुरू के नातेदारों की संख्या तीस पार कर चुकी थी। ये इकतीस...ये बत्तीस....कांतिभाई गिनने लगे थे...ये उनचालीस...ये चालीस...। और गुरू बताए जा रहे थे, ये लड़के के नरसिंहपुर वाले मामा का बेटा...ये लड़के के दादा का अंबिकापुर वाला भतीजा...ये...।

कांतिभाई को यह बात बड़े ज़ोर से खटक गई वहाँ!

''अरे! ये क्या तरीका है? पैर धुलवाए जाते हैं महज़ नेग की खातिर कि किसी ज़माने से यह चला आ रहा है तो नाम के लिए इसका पालन करें।'' दो, चार, आठ, दस...अधिक-से-अधिक पंद्रह या बीस। यहाँ तो गुरू, जिनके भीतर पता नहीं कब से कुंडली मारे बैठे ऐसे पारंपरिक, रूढ़िवादी संस्कार सहसा हावी हो गए थे कि वह एक के बाद एक अपने तमाम रिश्तेदारों को

लड़की के पिता से पैर धुलवाने आगे करते जा रहे थे...।

''...हाँ, आप हैं मेरे भाई के काका ससुर...आप हैं मेरी बहन के डोंगरगढ़ वाले फूफा ससुर.., आप हैं छोटे भाई के मौसा ससुर...आप हैं हमारे चाचा के ममेरे भाई...आप हैं...।''

सिलसिला थमने का नाम ही नहीं ले रहा था। गुरू ने करीब-करीब अपने सारे रिश्तेदारों के पैर लड़की के पिता से धुलवाए। संख्या पचास से कम तो हरगिज़ नहीं थी...।

मन खट्टा हो गया कांतिभाई का। उदार, जिंदादिल गुरू के इस रूप की कल्पना भी उन्होंने कभी नहीं की थी। सोच रहे थे, 'ये क्या हो गया है गुरू को ? अरे, भला ऐसा भी क्या स्वागत करवाना ? मान लिया कि नेग होता है। तो चार-आठ के पैर धुलवा देते ? इतने सारे लागों के पैर धुलवा के क्या साबित करना चाहते हैं आप ? कि देखो हमारे कितने रिश्तेदार हैं! या यह कि तुम हमारी हैसियत के कहीं से नहीं हो! कि तुम्हारी लड़की को माँगकर हमने तुम पर बहुत बड़ा एहसान किया है! कि तुमको आज से हमारे इस एहसान के तले सदैव दबे रहना है। कि तुम लड़कीवाले हो और लड़कीवालों को तो हमेशा उसके ससुरालवालों के आगे झुककर रहना पड़ता है...।'

पता नहीं क्या था गुरू के मन में ये सब करवाने के पीछे! जो भी हो, यह तो दिखाई पड़ रहा था कांतिभाई को कि ये अपने समाज के अगुआ और आधुनिक सोच-समझ वाले माने जाने के बावजूद, हैं अंततः दकियानूसी, जो ऐसी-ऐसी प्रथाओं को आज भी बढ़-चढ़ के महत्त्व दे रहे हैं! अपने बरसों पुराने साथ पर आज उन्हें बड़ी हैरानी हो रही थी कि भला गुरू का यह रूप अब तक वह क्यों नहीं देख सके ?

~

इसके बाद कांतिभाई का काफ़ी दिनों तक—शायद साल भर से—गुरू से मिलना नहीं हो पाया। जाने क्यों, उनका मन ही नहीं हुआ। गुरू का ध्यान आता तो उन्हें वह सब भी ध्यान आ जाता जो उन्हें बिलकुल नहीं जमा था! फिर सोच लिया, 'ठीक है, ये गुरू की अपनी सोच है। इसमें भला मैं क्या कर सकता

हूँ? और यारी-दोस्ती में ऐसी बहुत-सी बातों को नज़रअंदाज़ करना ही पड़ता है। व्यावहारिकता के नाते।'

एक दोपहर वह चले गए गुरू के गंजपारा वाले ऑफ़िस में। अच्छा ही था कि इस समय वे व्यस्त नहीं थे। उनके केबिन के बाहर जो सोफ़े लगे थे, गुरू भी वहीं बैठ गए। बातचीत होने लगी। वैसे ही जैसे पुराने मित्रों से मिलने पर हुआ करती है...ज्यादातर अपने ग्रुप के साथियों के वर्तमान हालचाल, जिसमें बढ़ती उम्र के साथ सबकी कोई-न-कोई स्वास्थ्यगत समस्या खड़ी हो रही थी। इसी गपशप में फिर उनके पारिवारिक मामले भी आते चले गए। कांतिभाई भी बेटी-दामाद वाले हैं, तीन साल पहले वे अपनी बड़ी बेटी की शादी कर चुके हैं।

बातचीत के दौरान गुरू बोले, ''देखो कांतिभाई, आप इसका बुरा मत मानना, लेकिन ये पक्की बात है कि अधिकांश लोग जो गरीब रहते हैं, उनके दिलोदिमाग भी साले दरिद्र ही रहते हैं!''

चौंक गए कांतिभाई। उन्हें एकबारगी लगा, कहीं मेरे बारे में ही तो नहीं बोल रहे हैं? वह बहुत गौर से गुरू का कहना सुनने लगे।

''इनको सुधारना भी चाहो तो तुम नहीं सुधार सकते। ये जैसे हैं...अपनी दरिद्री में...कंगले...ये बस वैसे ही रहना चाहते हैं!'' गुरू का मुँह घृणा से कुछ विकृत हो गया और तेज़ बोलने के कारण होंठ के किनारे सफ़ेद फुचके जम गए थे।

''क्यों? क्या हो गया गुरू?'' कांतिभाई को कुछ समझ नहीं आया, यह कहना क्या चाहता है? पूछा, ''ये आप किसके बारे में बोल रहे हो?''

''यार, मैं अपने समधी के बारे में बोल रहा हूँ! समधी के बारे में! वो छत्तीसगढ़ी में एक ठो गाना है ना, ...'लाखों में एक झन हाबै गा मोर समधी!' ''

गुरूदेव ने जब यों चिढ़कर, भीतर से तिलमिलाकर अपने समधी को ताना मारा तो कांतिभाई को हँसी आ गई। पूछा, ''अच्छ? भला उन्होंने ऐसा क्या कर दिया, जिससे आप उन पर इतना नाराज़ हो रहे हो?''

''अरे, नाराज़ी की तो बात ही है कांतिभाई! आप भी एक लड़की के पिता हो। आपकी बेटी भी ससुराल में है। और अगर, आपको उसके ससुरालवाले प्रेम से किसी कार्यक्रम में बुलाते हैं तो क्या आप नहीं जाओगे...?''

सोच में पड़ गए कांतिभाई। थोड़ा समय लेकर बोले, ''क्यों नहीं जाऊँगा ? मेरे जाने लायक हुआ तो बिलकुल जाऊँगा!''

गुरू ने तत्काल कहा, ''और ये मेरा समधी है साला, लाखों में एक! बुलाओ तो उसके बाद भी नहीं आता।''

''कुछ काम होने से तो आना चाहिए उनको...।'' कांतिभाई ने अपनी राय दी। फिर पूछा, ''वैसे किस काम के लिए बुला रहे थे ?''

''यार, बहू की 'सधौरी' थी। मैंने खबर दी थी और उससे कहा था आने के लिए। तो वो खुद नहीं आया, अपनी पत्नी और दूसरे रिश्तेदारों को भेज दिया!''

''अरे, तो क्या हो गया ? चलो, उनके घर से लोग आए ना ?''

''अभी और एक कार्यक्रम था। हमारे एक करीबी रिश्तेदार की बेटी की सगाई थी। खबर मैंने खुद ही दी थी, लेकिन वो 'हाँ-हाँ' करके भी नहीं आया...अब इसको क्या बोलोगे... ?''

'' वैसे करते क्या हैं आपके समधी ?''

''अरे बताऊँगा तो तुम भी हँसोगे! ठठेरा है! बर्तन पीटने का काम करता है! घर में इनके और कोई है नहीं। मैं उसको कई बार बोल चुका कि भाई, तुम यहाँ आ जाओ...मेरे भट्टे में मुनीम का काम देखो। वहाँ कमरा बना है उसमें रहो। पर नहीं! भले रह लेंगे कुंदरापारा की अपनी आठ बाइ दस की खोली में! मगर मेरे साथ रहने में लाट साहब की नाक कटती है! मैं इसीलिए तो बोल रहा हूँ ना कि ये साले दिमाग से भी कंगले होते हैं! एकदम पैदल!'' गुरू एक बार फिर चोट खाए साँप-सा तिलमिला गये।

कांतिभाई ने पूछा, ''गुरू, आपने कभी जानने की कोशिश की कि क्यों वो आपके साथ नहीं रहना चाहता ?''

''भला इसमें जानने की क्या बात है ? अरे, ऐसे लोग कोई अच्छी बात न सुनना चाहते हैं न समझना! न करना! और क्या ?''

अब कांतिभाई को मामले का सूत्र हाथ लगते जान पड़ा। बोले, ''देखो ऐसा है गुरू, आपकी और उसकी हैसियत में बड़ा भारी अंतर है! आपके सामने तो वो नहीं के बराबर है! हो सकता है, बेटी के घर आने-जाने की जो परम्परा है, उसके चलते उनको दिक्कत होती हो। पुराने लोग तो बेटी के

घर का पानी तक नहीं पीते थे। या लेन-देन की जो व्यावहारिकता है उसमें अपनी गरीबी के कारण परेशानी होती हो...। जैसे मैं अपनी ही बात बता रहा हूँ। मेरी बेटी भी एक खाते-पीते घर में गई है, पास ही बिलासपुर में, लेकिन हमको वहाँ जाने के पहले दस बार सोचना पड़ता है! हज़ार-पाँच सौ तो ऐसे ही उड़ जाते हैं! तो गरीब आदमी के लिए...।''

गुरू कांतिभाई की बात पूरी होने के पहले ही बोल पड़े, ''अरे नहीं भाई, मैंने तो उससे कह के रखा है कि इसे अपना घर समझ के आते-जाते रहो। हमसे संपर्क रखा करो। आखिर मैं तुम्हारा समधी हूँ...लड़के का बाप! और, एक बात बताओ, तुम्हारी एक ही बेटी है, तो क्या तुम उसके लिए इतना भी नहीं करोगे? फिर कैसे बाप हुए तुम?''

''आपके लिए ऐसा कह देना आसान है गुरू, लेकिन जिसकी स्थिति ठीक नहीं है, उसके लिए तो ये बहुत बड़ी बात है!'' कांतिभाई बोले।

लेकिन गुरू मानने को तैयार नहीं! उनको ये ज़िद थी कि लड़की के बाप को लड़की के ससुरालवालों से सम्बन्ध अच्छे रखने चाहिए। यानी, उनकी मर्ज़ी के मुताबिक जब-तब हाज़री, सेवा और जी हुज़ूरी...।

और यही नहीं चाहता इसका समधी! कांतिभाई को लगा ठीक कर रहा है वह। बेटी ब्याह दी इसका यह मतलब तो नहीं कि लड़कीवाले तुम्हारे गुलाम हो जाएँ? तुम जैसा चाहते हो वैसा ही करें?

कांतिभाई ने गुरू के इस रूप के बारे में भी कभी नहीं सोचा था।

बस के खेल और चार्ली चैप्लिन

मैं अभी-अभी बस में चढ़ा हूँ और चढ़ने के साथ ही एक झटका-सा लगता है, पल भर में मानो दुनिया बदल जाती है। एकाएक। मैं हतप्रभ रह जाता हूँ!

यों तो यह रोज़ हो रहा है, खासकर इन दिनों...। बस में चढ़ते ही, दुनिया सहसा बदल जाती है...।

जबकि, अभी कुछ देर पहले तक, गाँव के सरकारी स्कूल से—जहाँ मैं पढ़ाता हूँ—छुट्टी के बाद साइकिल से लौटते हुए, मन-ही-मन में कितना खुश था! बहुत ही खुश! जैसे अनायास और अकारण ही कि जैसे आज का काम पूरा हुआ—इसकी खुशी! और इस समय, गाँव से दुर्ग शहर के अपने घर लौटता हुआ मैं अक्सर ही खुश रहता हूँ। मेरे सामने होते हैं गाँव के लीपे-बुहारे साफ़-सुथरे घर, घर के सामने बने चौरा में बहुत फुर्सत से बैठे और गप्प हाँकते बूढ़े-बूढ़ियाँ, वहीं गली या मैदान में खेलते-कूदते हुए बच्चे...आपस में हँसते, चिढ़ाते और शोर मचाते। गली में बोरिंग से पानी भरती किशोरियाँ, स्त्रियाँ...। मेरा मन रम जाता है उनके घरों में, उनके गाय-बैलों में, जो अपने गीले काले नथुनों से सूँ-सूँ करके साँस लेते हैं, जो पुआल खाने में जुटे हैं, जिनके गले में बँधी घंटियाँ गरदन के हिलने की लय में टनटनाती हैं, आस-पास की हवा एक अजीब, उष्णीय गंध से भर गई है जो गाय-बैलों, गोबर और पुआल से मानो एक साथ फूट रही है। देखता हूँ कि अपने बियारा में धान की मिंजाई करते वे कितने आनंदित हैं, घर के छोटे बच्चे बैलगाड़ी में बैठे हुए हैं एक-दूसरे से सटे। और झगड़ते।...और गुजरते हुए देखता हूँ यहाँ के खेत, मैदान, तालाब, पेड़, तरह-तरह के पंछी और शाम का आकाश जिसमें धीरे-धीरे लाली भर रही है...देखता हूँ किसानों को जो अपने खेतों से पिछले

चार महीने की मेहनत की कमाई—धान—बैलगाड़ी में लादे लौट रहे हैं, पैदल, मंथर गति से। उन्हें किसी किस्म की कोई जल्दी नहीं है, बल्कि श्रम से थके उनके साँवले चेहरों पर काम के पूरा हो जाने का गहरा सुकून है। मैं इनमें खो-सा जाता हूँ और दिसम्बर की सांझ के नर्म सिंदूरी आलोक में यह सब देखते हुए मैं जैसे किसी अनाम सुख से भर जाता हूँ! इसे ठीक-ठीक व्यक्त कर पाना कठिन है मेरे लिए। जैसे कि यह सब देखना ही मानो धीरे-धीरे मेरे भीतर कोई सुख सिरजते जाते हैं...अपने-आप।

मुझे इस समय घर लौटने की कतई जल्दी नहीं रहती। यहाँ के माहौल और आबोहवा का मुझ पर कुछ ऐसा असर होता है कि यहाँ की लाल-भूरी कच्ची सड़क पर मेरी साइकिल भी इनकी बैलगाड़ी की मानिंद चलने लगती है, धीरे-धीरे। ऐसा लगता है, जितनी देर इन सबके संग रह लो, उतना ही अच्छा! हालाँकि रोज़ ही रहता हूँ।

मुझे दुर्ग जाने वाली बस पकड़ने के लिए गाँव से चार किलोमीटर दूर मुख्य सड़क तक पहुँचना होता है। वहाँ 'लक्ष्मण साइकिल स्टोर' में अपनी साइकिल छोड़कर बस पकड़ता हूँ।

...बस में भीड़ ऐसी है कि पैर धरने की जगह नहीं। लोग सीटों के अलावा सीटों के बीच की संकरी गैलरी में किसी तरह ठुँसे हुए हैं। यहाँ गर्मी है और एक-दूसरे से चिपके खड़े लोगों की देहों से उठती हुई पसीने की खारी और चिपचिपी गंध...। साथ ही भेड़-बकरियों की तरह से भरे देहातियों और उनके ढेर सारे बोरों, पोटलियों की गंध है। ये इधर रोज़ ही अपने माल-असबाब के साथ, जाने कहाँ-कहाँ से निकलकर आ जाते हैं, जैसे मधुमक्खी के छत्ते पर किसी ने ढेला फेंक दिया हो और मधुमक्खियाँ ज़ोरों से भनभनाती हुई यहाँ-वहाँ तितर-बितर हो रही हों! वे लोग सचमुच अपने माल-असबाब की ही तरह इस बस में किसी तरह ठुँसे पड़े हैं। ये स्थिति न तो बस कंडक्टर के लिए कोई नई चीज़ है न ही रोज़ के यात्रियों के लिए। हाँ, लेकिन सभ्य-जनों को ज़रूर लगता होगा—'अरे, कहाँ से आ गए ये गंवार? ज़रा देखो इनको! पूरा घर-गिरस्थी उठाकर चले जा रहे हैं! तरह-तरह के बोरे, टीन-टपरे, संदूक-बक्से! तिस पर अपने इतने सारे बच्चे!'

ये सारे रेलवे स्टेशन जा रहे हैं। वहाँ से फिर अपने-अपने गंतव्य की ओर

जाने के लिए बँट जाएँगे—टाटानगर, कानपुर, लखनऊ, दिल्ली, इलाहाबाद, हैदराबाद, श्रीनगर, पठानकोट...।

भीड़ में मैं भी खड़ा हूँ। इन्हीं में से एक यह परिवार है जो ऐन मेरे आगे खड़ा है—सामने से दो सीट पीछे। ये चार लोग हैं—पति, पत्नी और दो बच्चे। पति काले रंग का दुबला-पतला और ठिगना आदमी है, अलबत्ता मेहनत-मजूरी के कारण देह कसी हुई है। साथ में पत्नी, छोटे कद की साँवली स्त्री। इनके साथ दो छोटे-छोटे बच्चे हैं...एक तीन-साढ़े तीन साल का लड़का...और उससे बमुश्किल एकाध साल बड़ी लड़की। दोनों ही बच्चे निहायत दुबले-पतले। चारों बिलकुल निरीह और दयनीय नज़र आ रहे हैं, खासकर इस समय और बच्चे तो इस भीड़ में ऐसे गुम हैं कि किसी को दिखाई भी नहीं दे रहे। दोनों को दरअसल साथ की सीट से एकदम सटा के ऐसे खड़ा कर दिया गया है कि किसी को दिखाई नहीं पड़ रहे।

''एला अपन गोदी म बइठा ले मेडम!''

अभी-अभी ही औरत ने बालक के बगल की सीट पर बैठी दो लड़कियों से हँसकर, अनुरोध में कहा है।

''नहीं। हमारे पास जगह नहीं है,'' लड़कियों ने साफ़ मना कर दिया है।

दोनों ही अपना चेहरा स्कार्फ़ से बाँधे हुए हैं, देखने के लिए आँख भर जगह मात्र छोड़कर। ऐसे स्कार्फ़ बाँधना हमारे छोटे से बड़े होते शहर का जाने कैसे, इधर की किशोरियों-युवतियों का अपना एक फ़ैशन-सा बन गया है। जान पड़ता है जैसे इन्हें अपनी पहचान किसी कारण से अपने परिचितों से ही छुपानी है! इनमें से एक ने जो कुछ लंबी, गोरी और भरी देह की है, चटख पीले रंग का सूट पहना है, जबकि दूसरी लड़की थोड़ी छोटी, दुबली और साँवली है। दोनों में गोरी ही ज़्यादा वाचाल नज़र आती है साँवली की तुलना में। व्यक्ति का स्वभाव बनने में भी 'कलर फ़ैक्टर' ही मुख्य काम करता है जैसे। मुझे ये दोनों लड़कियाँ हाल-फ़िलहाल नौकरी में आयीं जान पड़ती हैं। मैडम हैं। शायद दोनों एक ही स्कूल में पढ़ाती हैं। साथ ही लौट रही हैं। संभवतः इस बस की नियमित सवारी, जिनके लिए कंडक्टर जगह रोककर रखता होगा...। ये दोनों ही बाइस-चौबीस वर्ष की उम्र की हैं।

लड़कियाँ बस के हालात से बेखबर इस समय अपनी बातचीत में डूबी हैं।

गोरी लड़की बता रही है, ''मालूम है, बी.एससी. फ़ाइनल में प्रेक्टिकल के दिन मेरे साथ क्या हुआ था ?''

''तू बताएगी तभी तो जानूँगी।''

''अरे, मैं भी ऐसी भुलक्कड़ हूँ ना...अपने बायो प्रेक्टिकल एग्ज़ाम की डेट ही भूल गई थी! और मैं मज़े से भाभी के संग सवेरे मार्केट चली गई थी। वहाँ से आयी तो मेरे को स्ट्राइक हुआ...कुछ भूल रही हूँ करके...। तभी फट से याद आया, अरेऽऽ..आज तो मेरा प्रेक्टिकल एग्ज़ाम है! दो बजे से! मैंने घड़ी देखी, पौने दो हो गए थे। मैं तुरंत भागी! वैसेच! मार्केट गई थी तो हाई हील की सैंडिल पहने थी, उसी को पहने-पहने कॉलेज गई! तू सोच...त्रिवेदी सर ने क्या सोचा होगा मेरी हाई हील सैंडिल देख के...?''

साँवली लड़की ने हँसकर उसे छेड़ा, ''अरे यार, जब सामने इतना सुंदर चेहरा हो तो त्रिवेदी हो कि चतुर्वेदी, भला कोई नीचे क्यों देखेगा? हाँ?''

लगा, गोरी लड़की अपनी सुंदरता के लिए उसके इस कमेंट पर मन-ही-मन बहुत खुश होकर थोड़ा शर्मा गई है, पर प्रकट में बोली, ''देख-देख...मैं कुछ नहीं बोल रही हूँ, ना...? तू ही बोल रही है...अपने मन से।''

कुछ देर के बाद गोरी लड़की ने तंग भाव से कहा, ''छि: रे! इत्ती गंदी गाड़ी है ना ये। एक तो इत्ती भीड़! ऊपर से ड्राइवर भी इतनी मरियल चाल से चला रहा है।''

''तो तू अपनी स्कूटी क्यों नहीं ले आती रानी साहिबा?'' साँवली लड़की पूछती है।

''अरे, वो बिगड़ी पड़ी है, इसीलिए तो। पर छत्तीस किलोमीटर रोज़ आना-जाना भी तो मुश्किल है। पर वैसे भी मुझे अपनी स्कूटी निकालनी है।''

''अच्छा! तो चल मेरे को बेच दे ना। कितने तक बेचेगी?''

''यही दस-पंद्रह हज़ार तक बेचूँगी। हार्डली चारी साल तो हुए हैं खरीदे।''

''बाप रे, दस-पंद्रह!'' साँवली लड़की ने मुँह फाड़ लिया।

'' तो और क्या? तू क्या हज़ार-पाँच सौ में खरीदेगी?''

''नई रे, इतना कम थोड़े ही। पर पंद्रह तो महंगा है।''

''महंगा है तो महंगा है। जा मेरे को नई बेचना है। पैंतालिस-पचास का रेट चल रहा है, मैडम! अभी वो चार ही साल चली है...वो भी सिंगल

हैंडिड! मेरे सिवा और कोई छूता भी नहीं मेरी गाड़ी को। पापा ने मेरे बर्थडे पर गिफ्ट किया था। और पता है, मेरा ड्रीम क्या है ?''

''मेरे को कैसे पता होगा ?''

''मेरा ड्रीम तो कार लेने का है। येस ! आय विल बाय अ ब्रेण्ड न्यू कार !''

''वाऊ !''

''लेकिन अभी नहीं। कुछ साल बाद।''

''तब तक सेलेरी भी बढ़ जाएगी, है ना ? देख, कार तो मुझे भी खरीदनी है। ऐसा कर पहले तू खरीद ले। पुरानी हो जाएगी तो मेरे को बेच देना।''

''अरे, ये तेरा सेकेंड हैण्ड वाला क्या चक्कर है ? पहले मेरी स्कूटी... फिर मेरी कार...फिर कहीं ये तो नहीं बोलेगी कि तेरा हसबेण्ड ? क्यूँ, तेरे को लाइफ़ में नया कुछ भी नहीं चाहिए ? हर चीज़ सेकेंड हैण्ड ? कहीं हसबेण्ड भी तो नहीं चाहिए सेकेंड हैण्ड...।''

''चुप यार, तू भी ना... ?''

''अरे, मैं अपने से कहाँ कुछ बोल रही हूँ, तू जो बोल रही है, वोई तो मैं बोल रही हूँ। वैसे आइडिया बुरा नहीं है...। दे आर एक्सपिरिएंस होल्डर... नई... ?'' वह हँसने लगी।

''अरे चुप। कुछ भी बकवास करती रहती है तू तो।''

''नई यार, मैं तो मज़ाक कर रही थी।''

''बाइ द वे कौन-सी कार खरीदेगी ? आइ टेन ? या डिज़ायर... ? या फिर मर्सिडीज़... ?''

''अरे नहीं बाबा। मैं तो 'आरटिगा' खरीदूँगी।''

''वाऊ ! 'मेरे डैड की मारुति' वाली !'' वह खुशी और ईर्ष्या से चहकी।

बस रास्ते के हर गाँव में रुकती है। इस बीच बस की सवारियाँ और बढ़ चली थीं। बस कंडक्टर आने वाली सवारियों को इधर ही भेजता जाता था और लोगों से कहता जाता था—''थोड़ा पीछे सरको भाई ! और पीछे ! अभी तो और सवारी आ जाएँगी !''

सामने खड़ा एक देहाती डोकरा कंडक्टर पर बड़बड़ाया—''पूरा त भरा गे हे ! अउ कतेक ल चढ़ाबे ?''

इधर दोनों लड़कियाँ बातचीत बंद कर अपने-अपने मोबाइल में व्यस्त

हो गई हैं। साँवली लड़की ने बड़ी स्क्रीन वाले अपने मोबाइल में फ़ेसबुक खोल ली है, जिसमें आए कमेंट और पोस्ट को तेज़ी से देख रही है। उसकी नेलपॉलिश से रंगी उँगलियाँ बहुत तेज़ी से अपने मोबाइल की स्क्रीन को स्क्रॉल कर रही हैं जिसमें कोई भी चित्र कुछ सेकेंड से अधिक नहीं ठहर पाता। इस खोजा-खोजी में कुछ दिलचस्प दिख जाता तो पल भर ठिठक जाती, फिर आगे बढ़ जाती। वहीं इसी तरफ़ बैठी गोरी लड़की मोबाइल पर कोई गेम खेलने में व्यस्त हो गई है। जैसे अपने ही खालीपन से उकताकर उसने अपना टाइमपास करने के लिए यह गेम ऑन कर लिया। इसमें हेविवेट बॉक्सर माइक टाइसन नुमा एक हृष्ट-पुष्ट, ऊँचा-पूरा निग्रो अपने हाथ में मशीन गन लिए सड़कों पर खतरनाक तेज़ी से भाग रहा है और उसके रास्ते में जो भी आए उन्हें बिलकुल बेधड़क, बहुत बेरहमी से भूनता जा रहा है। वह ऊँची-नीची सड़कों पर तमाम ट्रैफ़िक नियमों की ऐसी-तैसी करता बेहद हिंसक और अराजक तरीके से कूदता-फांदता भाग रहा है। वह आक्रामक 'हीरो' लड़की के हाथों का खिलौना था जिसे उसकी उँगलियाँ मन माफ़िक दौड़ा रही थीं...बगैर कुछ सोचे...मज़े लेती हुई। स्क्रीन का वह अराजक हीरो इतनी खतरनाक तेज़ी से कूदता-फांदता था और गोलियाँ चलाता था कि देखके सिहरन होती थी, एक पल को मन में भय होता था कि यदि कहीं यह जंगली 'हीरो' गेम से बाहर निकल आया तो क्या होगा?

मैडम उसकी भागम-भाग और हत्याओं में एकदम निमग्न थी। उसे रत्ती भर भी याद नहीं था कि ठीक उसके दाहिने बगल में ही तीन बरस का एक नन्हा मासूम बहुत देर दबा-दबा छुपा-सा खड़ा है, सहमा हुआ-सा। वह लड़का चुपचाप, एक डरी हुई उत्सुकता से उसके मोबाइल पर चल रहे दृश्यों को देख रहा था। पता नहीं क्या सोच रहा है? या इस समय शायद वह कुछ भी सोच सकने से परे है...।

जबकि बच्चे के पिता ने उसे व्यस्त देखा तो वह मेरी ओर देखकर मुस्कुराया, इस भाव से कि चलो, बच्चे का मन कहीं तो लग गया है कि वह अपने खड़े रहने की तकलीफ़ भूलकर इसमें खोया हुआ है...।

मैंने पाया, बस में इस समय ऐसे बहुत-से लोग थे जो अपनी सीट पर बैठे थे और इसी तरह अपने मोबाइलों पर व्यस्त थे—कोई फ़ेसबुक पर या

कोई नेट पर, या कोई गाने सुनने में अपना समय काटते। गाँवों से आए लोग खड़े-खड़े उन्हें चुपचाप बस ताक ही रहे थे, किसी अजूबे की तरह। कुछ पूछने में भी हिचकिचाते। हालाँकि उन्हें काफ़ी दूर जाना था। उनमें से किसी ने कंडक्टर से पूछा था, ''आगे सीट मिलही के नहीं?'' कंडक्टर ने तुरंत, बगैर कुछ सोचे जवाब दिया था—''मिल जाएगी।''

ये लोग सचमुच गंवार हैं क्या? बस में जहाँ-तहाँ उनके मोटरा, पोटली, टुकना, गंजी या बोरे रखे देखकर एकबारगी मेरे मन में आता है। यहाँ तक कि ड्राइवर के पास बस के बोनट पर भी इनका सामान रखा था, जो ये अपने साथ ले के जाएँगे। हर जगह ऐसी ही विकट परेशानी उठाते हुए, हर जगह साहब-बाबू की नज़र में गंवार, उजड्डू कहलाते, उनकी डाँट-गालियाँ सहते हुए...। यहाँ तक कि जहाँ काम करने ये जा रहे हैं, वहाँ भी बाबू, ठेकेदार या मेड अथवा सुपरवाइज़र की मार-गाली ही खाएँगे। अपने गाँव-घर से बेघर हो रहे इन लोगों की कुल आकांक्षा बस इतनी ही रहती है कि अपने इन खाली दिनों में काम करके वे कुछ पैसे जोड़ लें, ताकि वह पैसा कल उनके काम आ सके...बेटा-बेटी के ब्याह में...घर की छप्पर-छानी सुधरवाने में, एक-दो कमरा बनवाने में...। और यह सब ये परदेस में अपना पेट काटके, नून-बासी चटनी खाकर जोड़ेंगे...। अपने मनोरंजन के लिए इनके पास अपना सस्ता मोबाइल मात्र ही है, जिस पर फुल वाल्यूम में छत्तीसगढ़ी गाने सुनते हुए ये जैसे किसी तरह अपना 'होना' बचाए रखते हैं। उसे सुनते हुए ही ये अपने गाँव, घर या संगी-साथियों को याद कर लेंगे...जितना उनको ऐसे किसी मौके पर याद आ सकता है, उतना ही...धीरे-धीरे फिर वह भी धुँधला होता जाएगा...।

मुझे पता है, स्टेशन के पास वाले चौक पर बस के पहुँचते-पहुँचते साँझ का अँधेरा कुछ गहरा हो चुका होगा और बस के रुकते ही ये वहाँ उतर जाएँगे, इनके द्वारा धड़ाधड़-धड़ाधड़ अपना सामान उतारने के बावजूद कंडक्टर इनको गरियाता हुआ और जल्दी करने को बरजता रहेगा, बस के शेष यात्री फिर अपने घर पहुँचने में होने वाली देरी के लिए इन देहातियों को कोसने लगेंगे...। फिर कुछ ही देर में ये सारा सामान अपने सिर, कंधों पर लादकर चल देंगे, बगल में बच्चा भी इनकी गोद में लटकता या झूलता रहेगा...कुछ पल के बाद इनकी आकृतियाँ शहर की भीड़ और साँझ के अँधेरे में धीरे-धीरे खो जाएँगी...।

यह दृश्य इन दिनों लगभग रोज़ ही देख रहा हूँ। मैं इन लोगों के बारे में सोच रहा हूँ, ये परदेस जा रहे हैं, कमाने-खाने। माई-पिल्ला! अपनी इसी गिरस्थी को लेकर। पीछे इनका गाँव छूट रहा है, जहाँ इनका अब तक का समय बीता है, बचपन, यारी-दोस्ती, खेत-खार, घर-दुआर, गाय-बैल...सब छूट रहा है। इन सबके छूटने के दुख को संग लिए-लिए ये परदेश जा रहे हैं। गाँव से निकलते समय अपने परिजनों से मिलकर रोए होंगे और रोते-रोते कहे होंगे—''अब जावत हन...। दया-मया ल धरे रहिबे संगवारी...।''

यदि कोई देखना चाहे उनके दुख, तो बस ज़रा ध्यान से देखते ही एकदम दिखाई पड़ जाएँगे—पानी पर पड़ गए तेल की तरह सतह पर तैरते हुए।

इस समय कंडक्टर पीछे से टिकट काटता आ रहा है—''हाँ, आपका भाईजी? आपका मैडम? टिकट हो गया? कहाँ का?'' ऐसी भीड़ में भी वह दुबला-पतला कंडक्टर बड़े कौशल से लोगों के बीच जगह बनाता टिकट काट रहा था। उसे इसकी आदत है। बीच मंझधार में नाव खे लेने जैसी दक्षता के साथ।

''इतना काहे को भर रहे हो?'' जींस-टी-शर्ट और गॉगल पहने एक लड़का—जो खड़ा था—काफ़ी गुस्से से उस पर बमका—''इत्ती भीड़ में तो साला खड़ा होना भी मुश्किल है!''

कंडक्टर ने उसे अद्भुत अप्रत्याशित शांति से जवाब दिया—''देखो भाई, जब मैं कहूँगा तो आपको बुरा लगेगा। मैं आपको बुलाने तो नहीं गया था? अगर आपको इस बस में नहीं जाना है तो आप टिकट का पैसा वापस लेकर उतर जाओ।''

लड़का निरुत्तर हो गया।

कंडक्टर जब हम तक पहुँचा तो मैंने उसे चेताया, ''अरे-अरे, देखके! यहाँ एक छोटा बच्चा है!''

''बच्चा?'' कंडक्टर जैसे होश में आया। उसे तो नीचे देखने की सुध ही नहीं थी। उसे तो जैसे केवल खड़े लोगों की मुंडियों की गिनती करने की आदत है। वह घबराया, इसलिए कि ऐसे कोंटे में पड़े-पड़े बच्चे को कुछ हो-हवा गया तो? उसने देहाती पर गुस्सा किया—''अरे यार, ये यहाँ-कहाँ पड़ा है? इसको इधर क्यों डाल दिया है?''

उसके कहने से देहाती को भी तैश आ गया, ''अरे, तो यहाँ जगह कहाँ है? जगा रही तभे त बइठाही।''

कंडक्टर ने अपने दोनों हाथों से पकड़कर उसे कोने से ऐसे बाहर निकाला मानो वह बच्चा नहीं, दड़बे की एक मुर्गी हो! उसने बच्चे को अपने कंधे के भी ऊपर हवा में उठा लिया, उसके लिए उचित जगह तलाश करते। आश्चर्य कि बच्चा इस वक़्त भी बिलकुल ऐसे चुप था गोया ऐसे चुप रहने की उसकी कोई पक्की ट्रेनिंग हुई हो! या कि वह भी यात्रा में बार-बार ऐसे उठा-पटकवाले तमाशे का आदी हो गया हो! बच्चा तो वैसे ही निरीह और कमज़ोर था और दयनीय, जैसे जादू या तमाशा दिखाने वालों के बच्चे प्राय: हुआ करते हैं। अंतर इतना था कि इसके कपड़े फटे-पुराने नहीं थे और देह भी मैली नहीं थी। इसके माता-पिता ने इसे अपेक्षाकृत संवार के रखा था।

कंडक्टर बड़बड़ाया, ''अरे यार, तुम लोग भी ना बच्चे को नीचे में कचरे के माफ़िक डाल दिये हो? कहीं कुछ हो-हवा गया तो साली हमारी ही मुसीबत!''

''तो कोनो जगा बइठा दे एला! हम मन त कहत-कहत थक गेन!'' कंडक्टर की भलमनसाहत का लाभ उठाने की गरज से आदमी बोला।

अब वह बच्चा कंडक्टर के हाथों में था तो यह जैसे उसकी ज़िम्मेदारी हो गई थी। उसने बच्चे को बगल में बैठी मैडम की गोद में ज़बरदस्ती डाल दिया, यह कहते हुए कि थोड़ी देर के लिए इसे बिठा लो, मैडम।

''अरे-अरे!'' मोबाइल में गेम खेलती मैडम गुस्से से चीखी, ''हटाओ इसको यहाँ से! ये मेरा नहीं है!''

यह कहने पर आस-पास के लोग हँस पड़े तो मैडम को एहसास हुआ कि उसने कुछ ग़लत कह दिया है।

कंडक्टर भला हँसी-मज़ाक के इस मौके को कब छोड़ने वाला था। बोला, ''मैं कब कह रहा हूँ मैडम बच्चा आपका है। मैं तो ये कह रहा हूँ कि इसको अपनी गोद में थोड़ी देर के लिए बिठा लो।''

''नईं! मैं किसी को अपनी गोद में नहीं बिठाती! किसी दूसरे को दो। हटाओ यहाँ से!'' मैडम ने बहुत सख़्ती से कहा।

कंडक्टर ने उसके तेवर देखे तो समझ गया कहना बेकार है। फिर उसने

सोचा कि ये तो मेरे रोज़ की पैसेंजर है, नाराज़ करना ठीक नहीं होगा। तब उसने दूसरी सीट पर बैठे एक मोटी मूँछ वाले मोटे आदमी को देना चाहा, ''भाई साब, इस बच्चे को गोद में बिठा लो।'' तो वह भी मानो अपनी नींद से जागा, ''अरे नहीं-नहीं! क्या करते हो? किसी दूसरे को दो!''

मैं देख रहा था, वह बच्चे को लिए-लिए आस-पास घूम रहा है, उसके लिए कोई जगह तलाशता।

मुझे सहसा आभास हुआ कि मैं चार्ली चैप्लिन की कोई फ़िल्म देख रहा हूँ...बीसवीं सदी के शुरुआती दौर की कोई मूक और श्वेत-श्याम फ़िल्म, जिसमें चार्ली चैप्लिन उस गँवइ बच्चे को गोद में लिए-लिए बस में घूम रहा है...एक सीट से दूसरी सीट, उसको कहीं बिठाने मात्र के लिए बार-बार अपनी टोपी उतारकर उनसे अनुरोध करता...अपनी आँखों से, होंठों से भद्र-जनों से याचना करता, चिरौरी करता और बस में उस दौर के कुलीन लोग सवार हैं—उद्योगपति, अफ़सर, व्यवसायी या ज़मींदार! कोट पहने मोटी-मोटी मूँछ वाले रौबदार लोग! और बहुत कीमती विक्टोरियन रेशमी घेरदार गाउन पहने मोटी स्त्रियाँ! सब उसे बुरी तरह दुत्कार-फटकार रहे हैं, लेकिन कोई भी उसकी मदद नहीं कर रहा। आखिर में किसी ने भी उसको जगह नहीं दी है...। अब चैप्लिन के मासूम-से मसखरे चेहरे पर अपने हार जाने की एक निरीह हँसी है, लेकिन इस हँसी में चिथड़ा-चिथड़ा हो चुकी उसकी आत्मा की अकथ्य पीड़ा है, छटपटाहट है और बहुत गहरी उदासी है...समुद्र जैसी गहरी उदासी...।

और मैं पाता हूँ, हारकर कंडक्टर ने बच्चे को वापस उसी कोने में छोड़ दिया है जहाँ से उसने उठाया था और अपने बाकी काम निपटाने आगे बढ़ गया है...।

बगल की सीट वाली लड़की अपने गेम में फिर उसी तरह मगन हो गई है। जैसे आस-पास और कुछ है ही नहीं!

बच्चा अपनी भोली आँखों से फिर उसकी मोबाइल स्क्रीन पर हो रही कूद-फांद को देख रहा है।

अबकी बच्चे के मज़ूर पिता ने मुस्कुराकर अपने बेटे का दिल बहलाने के लिए कहा है—''अरे, देख तो बेटा...मेडम हा का खेलत है!''

इस पर बच्चा ज़रा-सा खुश होकर मुस्कुरा दिया है।

'लव-जिहाद' लाइव

उस दोपहर खाना खाने के बाद हम माँ-बेटी बिलकुल पड़ोस की तारा काकी के घर में बैठी थीं। यों ही गप मारतीं। वैसे भी आज इतवार था। स्कूल की छुट्टी का दिन।

अभी याद नहीं कि हम किस बारे में बात कर रहे थे...। शायद माँ और काकी आँगन में बैठी-बैठी मनरेगा में हो चुके काम की अब तक नहीं हुए मज़दूरी के भुगतान के बारे में बात कर रही थीं कि सरपंच और सचिव दोनों मिलकर कैसे बंटाधार कर रहे हैं गाँव का...। या, धान की इधर शुरू हुई लुवाई के बारे में...या खेत में गेहूँ के संग अरहर-लाखड़ी बोने के बारे में। या शायद भुनेसर दाऊ के यहाँ गुरुवार से आरम्भ होने वाली भागवत कथा के बारे में बात कर रही थीं, जिसमें कथा बाँचने मथुरा के प्रसिद्ध कथावाचक पं. अखिलेश्वर महाराज आ रहे हैं, जिसके निमंत्रण पत्र आस-पास के सारे गाँवों में बाँटे जा चुके हैं...।...या शायद माँ काकी को अगले इतवार को अपने मायके सांकरा जाने की बात बता रही थी जहाँ उसकी भतीजी से रिश्ता पक्का करने 'पैसा पकड़ाने' के लिए लड़के वाले आ रहे हैं...। और मैं अपने साथ कक्षा 10 में पढ़नेवाली तारा बुआ की बेटी रेखा के संग उसके कमरे में शायद स्कूल में नयी-नयी आई लिलि मैडम के नए डिज़ाइन के कपड़े, उनके फ़ैशन और स्टाइल के बारे में हँस-हँस के बात कर रही थी। या हम अपने साथ पढ़ने वाले लड़कों के बारे में बात कर रहे थे...। या शायद...

और सच पूछा जाए तो अब मुझे या माँ को कुछ भी याद नहीं। सब भूल गए। मानो कोई भारी बवंडर सहसा उन्हें उड़ा ले गए कहीं...। याद है तो बस यही कि मेरा छोटा भाई अज्जू आया था और उसने सिर्फ़ इतना बताया था कि कुछ लोग आए हैं, बाहर से, और पापा को पूछ रहे हैं...।

हमें सब कुछ भुला देने के लिए इन दिनों इतना ही बहुत है!

जैसे ही सुनते हैं कि कोई आया है और हम लोगों को पूछ रहा है, हम सब कुछ एकदम भूल जाते हैं। कुछ भी याद नहीं रहता, सिवाय लगातार एक भीतरी थरथराहट के, जिसमें सहसा हम सूखे पत्ते की तरह काँपने लगते हैं। न जाने कितनी शंका-कुशंकाएँ एक साथ हमारे दिलोदिमाग में आषाढ़ के बादलों जैसी घुमड़ने लगती हैं, बहुत तेज़ी से। और तन-बदन में तारी उस थरथराहट से बच सकने का हमारे पास कोई उपाय नहीं। हम एकदम जान जाते हैं कि ये बाहरी लोग उसी के बारे में पूछने आए होंगे। हाँ, उसी के बारे में...।

उसी के बारे में, जिसकी चर्चा हम—यानी घर के सभी लोग—खुद अपने-आप से करने से बचना चाहते हैं।

हम लोगों में इतना भी साहस नहीं बचा था कि अज्जू से उन आने वालों के बारे में कुछ और पूछताछ कर सकें।

और हमारा अनुमान ग़लत नहीं था। इस बार भी!

वे तीन लोग थे। एक बड़ी, चमचमाती बोलेरो हमारे घर के बायीं ओर के शिव मंदिर वाले चबूतरे के पास खड़ी थी, नीम की छाया में। वे सभी शहरी, बहुत पढ़े-लिखे लोग थे। तीस से लेकर चालीस की उमर के। दो की आँखों में धूप का काला चश्मा था।

हमारे वहाँ पहुँचते ही उनमें से एक ने, जो लम्बा और दुबला था, आगे बढ़कर माँ से पूछा, "आप जया की माँ हैं?"

माँ ने बस सिर हिला दिया था।

यह नाम जैसे अब हम सुनना ही नहीं चाहते! जितना संभव हो दूर रखना चाहते हैं। लेकिन नहीं चाहते हुए भी यह नाम हम लोगों के सामने बार-बार आ ही जाता है...कुछ वैसे ही जैसे पैर के अँगूठे में कहीं चोट लगी हो और बचते-बचाते हुए भी अँगूठा बार-बार किसी चीज़ से टकरा जाता है और घाव फिर टीसने लगता है...।

"पूरनलालजी कहाँ हैं?" उसने पूछा

"कहीं गए हैं अपने दोस्त के साथ।"

"कहीं बाहर गए हैं?" दूसरे ने पूछा, जिसके हाथ में कैमरा था।

"नहीं-नहीं," मैंने बताया, "यहीं गाँव में हैं। किसी काम से गए हैं।"

''आप जया की छोटी बहन हो?'' तीसरे साँवले और नाटे व्यक्ति ने मुझसे पूछा।

मैंने सिर हिलाया। चश्मा पहने पहले व्यक्ति ने—जो टीम का मुखिया जान पड़ता था—कहा, ''अपने पापा को ज़रा बुला दोगी...। हमको उनसे मिलना है। हम लोग प्रेस से हैं, रायपुर से आए हैं। दिल्ली के एक पेपर के लिए काम करते हैं। उनसे पूछना है कुछ...। अच्छा, हम ही बात कर लेते हैं, उनका मोबाइल नम्बर बताओ ज़रा।''

मैं उनको पापा का मोबाइल नम्बर बताने लगी। माँ तब तक भीतर चली गई।

उसने पापा का नम्बर लगाया, ''हाँ, हैलो...। पूरनलालजी बोल रहे हैं? नमस्कार पूरनलालजी! मैं अखिलेश बोल रहा हूँ, दिल्ली के न्यूज़पेपर *जन-धर्म* का संवाददाता। हम लोग इधर एक मिशन के तहत आए हैं। इस क्षेत्र से लड़कियाँ गायब हो रही हैं, ग़लत लोग उन्हें बहला-फुसलाकर, अच्छी नौकरियों का लालच देकर अपने जाल में फँसा रहे हैं। आपकी बेटी भी गायब है साल भर से...। आपसे थोड़ी बात करनी थी...जी, आपकी बेटी जया के संबंध में...जी, हम लोग थाने गए थे, वहीं से आपका एड्रेस लेकर आपसे मिलने पहुँचे हैं...। मैं इस समय आपके घर के सामने खड़ा हूँ। जी मिलना ज़रूरी है...। कृपा करके आइये...। जी आइये...प्लीज़, हम इंतज़ार कर रहे हैं...।''

''आ रहे हैं!'' संवाददाता ने खुश होकर अपने सहकर्मियों को बताया।

इस बीच, जैसा कि गाँव में होता है, किसी अजनबी, वो भी गाड़ी-घोड़ेवाले, को आया देख आस-पास के लोग, क्या लइका, क्या सियान, सब टोह लेने वहाँ सकला गए थे और अपनी तरफ़ से भरसक मदद करने को तत्पर थे। पड़ोस के दुखहरन बाबा इसमें अव्वल हैं। वो नंगे बदन, धोती पहने इन लोगों से पूछताछ करने लगे...कौन हो, कहाँ से आए हो...।

अचानक संवाददाता की नज़र हमारे घर के ओसारे में लाल रंग के नये ट्रेक्टर पर चली गई।

''ये ट्रेक्टर आप लोगों का है?'' उसने मुझसे पूछा।

''नहीं-नहीं। ये तो दाऊ का है। पापा ड्राइवर हैं खाली,'' मैं बोली।

बात को दुखहरन बाबा ने लपक लिया और पोपले मुँह से बताने लगे,

''अरे साहब, पूरन तो डरेवर है भुनेसर दाऊ का। बीसों साल से डरेवरी कर रहा है वो...छोकरा था तभ्भे-से! वो कहाँ से लेगा, साहब? दो एकड़ की खेती है, भला उसमें कितनी कमाई होगी...? खाने-पीने भर का हो जाता है...मुस्किल से।''

घर के दुआरी में ट्रेक्टर खड़ा हो तो सबको धोखा होता है कि ट्रेक्टर हमारा ही है। खासकर सर्वे के बखत तो बड़ी मुश्किल हो जाती है। वो कहते हैं, जब तुम्हारे दरवाजे पर खड़ा है तो तुम्हारा ही होगा! कई बार हम लोगों को भी ऐसा ही लगने लगता है। छोटे थे तब तो इतरा-इतरा के सबको बताते थे—हमर टेक्टर हमर टेक्टर!...पर हमारे भाग में कहाँ? भुनेसर दाऊ के घर में जगह नहीं है इसलिए बाबू यहीं खड़ा कर देते हैं। अब चाहे जो हो, घर के दुआरी में ट्रेक्टर खड़ा होने का रौब तो पड़ता ही है। पापा को सब डरेवर ही बोलते हैं। डरेवर पूरनलाल!

मैं समझ गयी थी, ये किसलिए आए हैं। फिर से पूछताछ...वही सब! पिछले सवा साल से यही चल रहा है। शुरू-शुरू में लोग ज़्यादा आते थे...कभी पत्रकार, तो कभी पुलिसवाले...या कभी एन.जी.ओ. वाले। पर मुझे समझ नहीं आया, ये लोग, अचानक, इतने दिनों बाद...?

मैं घर चली आई। रसोई में माँ के पास। माँ फिर चुप हो गई थी और किसी काम में लग गई थी, यों ही, मन को लगाने, खुद को जया की याद से बचाने। दीदी...जया दीदी की याद! जितना ही भुलाना चाहो, उतनी ही और याद आती है...आज साल भर से ऊपर हो गया...। पिछले जून से गई है...और आज नवम्बर...।

और इन महीनों में जो हमारा हाल हुआ है? बारा महीनों में जैसे बारा हाल! जैसे हमारी पूरी दुनिया बदल गई! अचानक! एक ही घटना से! एक घटना ही मानो आपका जीवन बदल देती है!..सब याद है कुछ भी तो नहीं भूला। एक-एक बात। मेरी आँखों के आगे सब कुछ फ़िल्म की रील की तरह तेज़ी से गुज़र जाता है...एकदम फ़ास्ट!

इसके पहले हम कैसा जीवन जी रहे थे। एकदम अलग।

माँ कैसी थी? उसको अब हँसता देखे बहुत समय हो गया। हमेशा हँसने खिलखिलाने वाली माँ, सबको सहयोग करने वाली माँ। माँ शहर जाकर

घूम-घूम के साग-भाजी बेचती है। गाँव की कुछ और महिलाएँ भी जाती हैं। उनका संग-साथ कितना जीवंत था। वे एकदम सुबह चार बजे उठ जातीं। बाड़ी की साग-भाजी होती या फिर गाँव के कोचिया से खरीदकर ले जाते। बड़े से झौंहा में साग-भाजी सर में बोहे...शहर की गलियों में फेरी लगाती, आवाज़ लगाती माँ—''ले करेला, कोंहड़ा, तरोई, बरबट्टी, धनिया, पताल वोऽऽऽ!'' बचपन से देख रही हूँ, इसमें कभी नागा नहीं हुआ, केवल त्योहार-बार को छोड़ के। हम दोनों बहन भी बहुत बार माँ के संग जातीं, अक्सर त्योहारों में, जब बोझा ज्यादा हो जाता। ऐसे माँ हम लोगों को कम ही लेकर जाती। पापा को पसंद नहीं हमारा यों बोझा ढोते-ढोते घूमना। वो कहते, ''पढ़-लिख के नौकरी लायक बनना। इसीलिए तो पढ़ा रहे हैं।'' पर जब हम शहर जाते तो वह हमारे लिए यादगार दिन हो जाता। पिछले साल के गरमी के दिनों की बात है। मैं हाईस्कूल में पहुँच गई थी—नौवीं में। मेरे लिए स्कूल बैग लेना था। माँ के साथ गई थी। बाज़ार में एक सिंधी की दुकान में गए थे। मैंने एक बढ़िया-सा बैग, गहरे हरे रंग का पसंद किया था। दुकानदार ने जब कीमत बतायी—दो सौ पैंतालिस! तो मैंने मान लिया था कि इतना महंगा हम नहीं ले सकेंगे। पर माँ ने दुकानदार से उसे एक सौ पच्चीस में माँगा। मेरे को बहुत शरम आई। इतनी बड़ी दुकान, जहाँ जाने क्या-क्या चीज़ों के ढेर लगे हैं, उसके सेठ से माँ इतने कम का भाव करती है! लगा, सेठ हमको दुकान से भगा देगा—''भगो, देहाती कहीं के! बड़े आए खरीदने!'' दुकानदार इतने कम में देने से मना करता था—''अरे कोई तुम्हारा साग-भाजी है जो इतना कम होगा!'' पर माँ अड़ी थी। दुकानदार पहले दो सौ पच्चीस बोला, फिर दो सौ, फिर एक सौ पचहत्तर। मुझको लगता था, दुकानदार अब इससे नीचे नहीं उतरेगा और माँ को मैं मना करती, माँ के अड़ियलपने को मैं देहातीपन समझ रही थी, इसलिए खीजकर उसको कोहनियाती थी कि नहीं, चलो, अब बस, बहुत हुआ। पर माँ को बाज़ार के खेल मालूम थे, इसलिए उसने हार नहीं मानी। कोई आधे घंटे की झिकझिक के बाद आखिर वो हार मान गया और दिया एक सौ पच्चीस में ही। जब वह मान गया तभी मुझे ठीक लगा। नहीं तो मैंने मन-ही-मन तय कर लिया था, आगे से कभी इस देहातन के साथ बाज़ार नहीं आऊँगी अपनी नाक कटवाने!

पर नाक तो आखिर कट ही गई। घर की। हम सबकी।

जया एक लड़के के साथ भाग गई। वो लड़का हमारे पास के गाँव में तीन साल पहले खुली दूध-फ़ैक्ट्री में काम करने आया था। उसी गाँव में किराये से रहता था।...उत्तर प्रदेश का रहनेवाला था। दिखने में अच्छा था। बातचीत और बर्ताव भी अच्छा था। फिर दीदी भी तो कम सुंदर नहीं थी! और होशियार भी कितनी थी! हर साल अच्छे नम्बरों से पास होती थी, स्कूल के सांस्कृतिक कार्यक्रमों में हमेशा आगे रहती थी, नाटकों में भाग लेती थी। कितने तो ईनाम मिलते थे उसको। वो जब बारहवीं में पढ़ रही थी, तभी वो उसके संपर्क में आयी। फिर हमारा स्कूल भी तो उसी गाँव में है जहाँ दूध-फ़ैक्ट्री है। मुझको पता चल गया था, दीदी उसको पसंद करती है। ऐसी बात भला छुपती कब है? पर ये नहीं सोचा था कि दीदी उसके साथ एक दिन...। घर के लोगों को भी ये अंदेशा कहीं से नहीं था। जब कहीं से खबर पापा तक पहुँची थी तो उन्होंने दीदी को धमकाया था—‘‘दूर रहो किसी भी लड़के-फड़के से!’’ पर, बारहवीं का रिज़ल्ट निकलने के बाद—जैसे वो इसी का इंतज़ार कर रही थी—कि एक दिन हम सबको छोड़कर उसके साथ भाग गई। न जाने कहाँ।

घर से जया कुछ नहीं ले गई। केवल अपने स्कूली सर्टिफ़िकेट्स और अपने कुछ कपड़े।

जिसे भागना होता है वो तो अपनी मर्ज़ी से भाग जाता है। उसके भागने की सज़ा घर के लोगों को भुगतनी पड़ती है—तिल-तिल! गाँव भर में हल्ला हो गया। थू-थू होने लगी। पहले थाने में रिपोर्ट करो। वहाँ उनके तरह-तरह के ऊल-जलूल सवाल...और घुमा-फिराकर लानत-मलामत हमारी! ‘‘आप लोग अपने बच्चों को सँभालकर नहीं रख सकते? सँभालकर नहीं रख सकते तो पैदा क्यों करते हो? लड़की को जवानी चढ़ रही थी और तुमको खबर नहीं? कहीं दहेज़-उहेज से बचने के चक्कर में तुम्हीं लोगों ने तो नहीं भगा दिया उसे? और वो भागी भी तो किसके साथ? मुसल्ले लौंडे के! और कोई नहीं मिला उसे इतने बड़े गाँव में? जवानी का जोश ऐसा ही चढ़ा था तो हिन्दू लड़कों की कोई कमी थी? भाग जाती किसी के भी साथ। अरे, जात गयी तो गयी, धरम तो बच जाता?’’

हाँ। वह लड़का मुसलमान है। ज़ुबेर नाम है।

वह तो चली गयी, कलंक और बदनामी हमारे मत्थे मढ़ गयी। अब मुसीबत तो हमारी है! सब तरफ़ उसे लेकर पचासों तरह की बातें!

पापा जब भी इस बाबत थाने जाते या थानेवाले पूछताछ की आड़ में घर आते तो पाँच सौ का नोट उनकी भेंट चढ़ता। बदले में, केवल नोट की चमक देखकर वे आश्वासन देते,...''हम लोग ढूँढ रहे हैं, पता लगवा रहे हैं। जाएगा कहाँ साला हमसे बचके।''

गाँव की न्याय-पंचायती अलग! पंचायत की बैठक में गाँव भर के लोगों, लइका-पिचका के सामने माँ और पापा सिर झुकाए बैठे हैं। हताश, उदास। नीचे ज़मीन को ताकते और ज़मीन में ही गड़ जाने की इच्छा। पंचायत अपना फ़ैसला सुना रही है, ''बेटी भागी है, सो भी नानजात हो के, इसकी पूरी ज़िम्मेदारी घरवालों की ही है। इसलिए, जैसा कि नियम है, सामाजिक रूप से इनको बहिष्कृत किया जाता है। अगर इससे बचना है तो आर्थिक दंड देना होगा।'' पापा ने पंचायत को जुर्माना भरा है—दस हज़ार! लड़का अगर हिन्दू होता और जाति-कुल अच्छा होता तो पाँच हज़ार ही देना पड़ता। कुजात हुई है इसलिए दस हज़ार!

कलंक तो लग ही गया। वो तो मिटने से रहा।

माँ बार-बार कह रही है, ''इस बदज़ात लड़की ने तो हमको कहीं का नहीं छोड़ा। कोख में ही थी तभी काहे नहीं मर गयी करमफुटही!''

पापा अब पहले से ज्यादा पीने लगे हैं। पीकर अक्सर दीदी को जी भरके भला-बुरा कहते हैं। कहते हैं, ''कभी दिख भर जाय वो लड़की, मैं ट्रेक्टर का चक्का चढ़ा दूँगा हरामज़ादी पर!'' माँ सुनकर चुपचाप रोती है। उसका तो मन है, कैसे भी हो, मेरी बेटी एक बार घर आ जाए। माँ को पूरा विश्वास है कि उसके घर आने के बाद सब ठीक हो जाएगा। लेकिन मुझको नहीं। वह घर आएगी तो दूसरी समस्याएँ खड़ी हो जाएँगी...।

और एक सबसे राज़ की बात! घर में सिर्फ़ मुझको ही मालूम है वो कहाँ है!

मेरी सबसे खास सहेली का नम्बर उसके पास था। उसने उसी के नम्बर पर मुझे और किसी को भी न बताने की शर्त पर बताया था कि वो वहाँ जुबेर के साथ खुश है। कि उसकी कैसी भी चिंता करने की बिलकुल भी ज़रूरत

नहीं। कि वह बाद में फ़ोन करेगी। पल भर तो मुझे बिलकुल भी समझ नहीं आया था कि खुश होऊँ कि रोऊँ! किंतु मैंने फ़ोन पर कोई खुशी नहीं जताई। बल्कि, मैं तो हमें छोड़कर जाने और मम्मी-पापा की ऐसी हालत के कारण बेहद नफ़रत करती हूँ। गुस्से से चिढ़ी हुई थी, इसलिए भी कोई और पूछताछ नहीं की। तू जिए कि मरे, अब हमसे मतलब? मर तो हम लोग गए ना!

इस बात को मैंने अब तक अपने तक ही रखा है। मन के सबसे भीतरी कोने में। सौ ताले में बंद करके। अपने होंठ एकदम सी करके। फिर भी डरती रहती हूँ कि कभी भूल से भी मुझसे या सहेली के मुँह से यह बात न निकल जाए। बहुत डर लगता है, पता नहीं बताने पर और न जाने क्या-क्या हो। घरवालों को मालूम नहीं इस समय जया कहाँ है? वे देवी-देवता से बस यही मनाते रहते हैं कि हे भगवान, वो जहाँ भी रहे, खुश रहे!...लेकिन तरह-तरह के समाचार जो आजकल टीवी और अखबार में आते रहते हैं, हमको और- और डराते हैं। हरदम...।

~

माँ ने मुझको इन लोगों के लिए चाय चढ़ा देने को कहा। मैंने छोटी गंजी मांजकर स्टोव जलाकर चाय चढ़ा दी। मुझे लग रहा था, फिर पिछली बार की तरह वही सब होगा...दीदी की फ़ोटो माँगेंगे, हमारी फ़ोटो खींचेंगे और आश्वासन देंगे, बिलकुल झूठे...।

पापा आ गए। मैंने खिड़की से झाँककर देखा, मोहन चाचा संग में हैं। जान गई, दोनों पीकर आए हैं।

‘‘नमस्कार पूरनलालजी!’’

‘‘नमस्कार। जी कहिए।’’

‘‘जी कहते हुए अच्छा तो नहीं लग रहा है, क्योंकि ये आपके लिए, घर के लिए तो बहुत दुख की बात है। मैं समझ सकता हूँ आपका दुख। लेकिन आप विश्वास कीजिए, हमारा अखबार इसको मेन इश्यू बनाकर चल रहा है और हम दोषी को छोड़ने वाले नहीं हैं। हमारी पूरी कोशिश होगी कि आपकी बेटी आपको मिल जाए। शायद आपको मालूम नहीं है, इस क्षेत्र के विधायक

ने विधानसभा में क्वेश्चन उठाया है कि इस इलाके की लड़कियाँ बड़ी संख्या में गायब हो रही हैं। निश्चित ही इसके पीछे किसी ताकतवर मानव-तस्कर गिरोह का हाथ है जिसकी पकड़ सत्ता के गलियारों तक है। हम उन्हें बेनकाब करना चाहते हैं। अभी हम पास के कुछ गाँवों से आ रहे हैं। वहाँ भी एक-दो लड़कियाँ गायब हैं। प्लीज़, थोड़ा बताएँगे...क्या हुआ...कैसे हुआ...।''

''मैं क्या बताऊँ, सब बात तो पुलिस को बता चुके हैं, नया कुछ नहीं है।''

''फिर भी, आपको क्या लगता है कहाँ जा सकती है वो...। क्योंकि इस क्षेत्र में निरंतर लड़कियों को बहला-फुसलाकर या अपहरण करके ले जाने की खबर मिल रही है।...थोड़ा बताइये...। और उसकी फ़ोटो...।''

पापा ने इस बार भी वही सब किया। धूप तेज़ नहीं थी, इसलिए आँगन में पड़ी खटिया मुनगा (एक सब्ज़ी) झाड़ के नीचे डालकर, उस पर कथरी (गुदड़ी) बिछाकर पत्रकार लोगों को बिठाया और अपनी राम कहानी बताते रहे। गाँव में हुई बदनामी, पुलिस का रवैया और शोषण...। लड़की के चले जाने का जहाँ उनको गुस्सा था वहीं दुख भी था। पापा जया दीदी को बहुत चाहते थे! घर की पहली संतान थी वो। बताते-बताते पापा रो पड़े। उनके साथ के कैमरामैन ने तुरंत पापा की फ़ोटो खींच ली। मैं उन्हें चाय देने गयी तो उसने मेरी भी फ़ोटो खींच ली। हमारे घर की भी फ़ोटो खींची। उस दौरान मैंने नोट किया कि जैसे ही पापा ने उनको बताया कि वो एक मुसलमान लड़के के साथ भागी है, सहसा उनके चेहरे में जैसे कोई चमक आ गयी थी, लगा, जिस चीज़ की तलाश वो कर रहे थे, एकदम-से वो उनको मिल गई हो! वह संवाददाता ज़ुबेर के बारे में काफ़ी-कुछ पूछता रहा। उसने जब मुझसे पूछा तो मैंने कुछ भी जानने से इनकार कर दिया। बल्कि पापा के समान मैंने भी गुस्से में कह दिया, ''वो हम लोगों के लिए मर चुकी है। एक साल हो गया उसे गए हुए, अब तो हम उसे भूलने लगे हैं।''

कोई आधा-पौना घंटा हमारे घर में बिताने के बाद वो उठ गए।

जब वे जाने लगे, कमरे में माँ जया को याद करके रो रही थी, बहुत चुपचाप, भीतर-ही-भीतर। अच्छा हुआ जो उनका ध्यान इस ओर नहीं गया, नहीं तो इसकी भी फ़ोटो ले लेते। वे पापा को धन्यवाद देते अपनी गाड़ी की ओर बढ़ चले।

उनके पीछे-पीछे मैं आँगन का कपाट बंद करने आयी थी। कपाट बंद करते-करते मैंने सुना, उनमें से एक बोला था, ''अरे यार! ये लड़की तो साली थी ही एकदम भगाने लायक!''

''इसीलिए तो भगा ले गया वो!'' हँसकर दूसरे ने कहा।

''ऐश कर रहा होगा कटुआ...।'' बहुत गहरी नफ़रत से पहले ने माँ की गाली दी थी।

≈

खबर को उस पत्रकार ने बहुत विस्तार से अपने अखबार में इस टाइटिल से छापा था—'सावधान! आपके इलाके में सक्रिय हैं ''लव-जिहादी''!'

इसके आगे मुझे यह बताना भर शेष रह जाता है कि खबर पर इलाके भर में ज़बरदस्त तीखी प्रतिक्रिया हुई है। आज टीवी के एक लोकल न्यूज़ चैनल में मैं देख रही थी, लाइव, 'लव-जिहाद' के खिलाफ़ ब्लॉक मुख्यालय में सैकड़ों की उग्र भीड़ ने अपने झंडे-डंडों, नारों-बैनरों सहित लम्बा जुलूस निकाला है, चक्का जाम कर दिया है और थाने का घेराव किया है...।

स्वतंत्रता दिवस की एक रपट

पता नहीं कैसे मेरी नींद टूट गई। मैं अपनी नींद में डूबी आँखों को मलता हुआ उठ बैठा। सुबह की धुँधली सफ़ेदी बाहर चारों तरफ़ फैली थी, किसी झीने सफ़ेद दुपट्टे की तरह। मैं देखता हूँ, घर में आज एक खास उत्साह है, रोज़ की तरह अलसाया हुआ नहीं। एक ताज़गी। मेरे बाजू का बिस्तर उठ चुका है। कहाँ गए सब? हमारी फ़ौज...मुन्नी, गुड्डी और छोटू...? अरे हाँ, याद आया, आज एक खास दिन है—पंद्रह अगस्त! हमारी आज़ादी का दिन! राष्ट्रीय पर्व! अच्छा, तभी तो लाऊडस्पीकर में कहीं बजता गाना सुनाई दे रहा है...'ऐ मेरे वतन के लोगो...।' लगता है रिकॉर्ड कुछ घिसा हुआ है, आवाज़ साफ़ नहीं है। आज पंद्रह अगस्त है इसलिए ज़बरदस्ती घसीटा जा रहा है।

मैं चादर फेंककर बाहर आ जाता हूँ। माँ रोज़ की तरह रसोई में ही लगी है, चूल्हे में फुँकनी से हवा फूँक रही है। हमारे स्कूल जाने के पहले चाय बनाती हुई। बाबू? शायद 'बाहर' गए होंगे। बाहर माने लैट्रिन, घर के पिछवाड़े में बना कच्चा लैट्रिन। मैं आँगन में रखे बाल्टी के पानी से आँख-मुँह धोता हूँ, मुझे थोड़ा अच्छा लगता है। मौसम सचमुच बहुत बढ़िया है, पंद्रह अगस्त वाला! सब ओर एक खुलापन लग रहा है...ठंडी और भीगी हवा। लगता है, कुछ देर पहले खासी बारिश हो चुकी है। घर के सामने का पुराना बूढ़ा नीम एकदम धुला-धुला है। और ऊपर अगस्त का आसमान है—खूब नीला! मैं सामने देखकर कुछ चौंक जाता हूँ, छोटू और गुड्डी गली के हैंडपंप से नहाकर आ रहे हैं। गुड्डी फ्रॉक में है और छोटू मियाँ केवल हाफ़ पैंट में, वह भी गीले। अरे बाप रे! बड़ी तैयारी चल रही है। लगता है लालकिले इनको ही जाना है झंडा फहराने! फिर मुझे ख़याल आया, स्कूल तो अपने राम को भी जाना है। तुम काहे को पिछड़ रहे हो?

मैं जल्दी-जल्दी मंजन करने लगता हूँ।

''भैया, आज स्कूल में बूँदी देंगे ना!'' गुड्डी मुझसे पूछती है। मेरे हाँ कहने पर वह खुश होकर अपनी तैयारी में जुट जाती है। मैं जान जाता हूँ। बाबूजी ही होंगे इनको आज सुबह से उठाने वाले। वे ही कुछ ज़्यादा उत्साह दिखाते हैं, हर बार।

लाऊडस्पीकर में इस समय मनोज कुमार का गाना बज रहा है—'मेरे देश की धरती...।' मुझे तुरंत याद आ गया, 'उपकार' फ़िल्म का यह गाना तो बुधवार के चित्रहार में आया था। उस दिन तो सब गाने ऐसे ही आये थे, देशभक्ति वाले। इसी के साथ मुझे बिट्टू पर बहुत गुस्सा आ जाता है। साले ने अपने घर टीवी नहीं देखने दिया था। भड़ाक से दरवाज़ा बंद कर दिया था। लाचार होकर घर से दूर एक टीवी दुकान में गया था, जहाँ कितने ही लोग देख रहे थे...हमारे जैसे...जिनके घर टीवी नहीं है..। लेकिन घर आते ही बड़े भैया अशोक ने जम के खबर ली थी—''खूब घूमने लगा है तू! पढ़ाई-लिखाई गई चूल्हे में! आइंदा कभी गया ना टेलीविज़न देखने तो सोच लेना!'' भैया बहुत गुस्सा गए थे। लेकिन मैं पढ़ाई-लिखाई में ध्यान देता तो हूँ। सातवीं कक्षा ऐसे ही थोड़ी पहुँच गया? भैया की खुद बी.एससी. में सप्लीमेंट्री आई है गणित में। उधर माँ इसी बात पर गुड्डी और मुन्नी की खबर चाँटे लगाकर ले रही थी। जैसे सबने हमारे खिलाफ़ कमर कस ली हो!

...घर में इस समय चीखना-चिल्लाना मचा है। इधर छोटू रो रहा है—''मैं पुरानी पैंट नहीं पहनूँगा! पीछे से फट गई है!'' गुड्डी और मुन्नी ने इधर अलग महाभारत मचा रखी है। दोनों लड़ रही हैं...''ये मेरी रिबन है, तूने क्यों बाँधी?''

''चल फूट! बड़ी आयी रिबन वाली! ये मेरी है समझी! माँ से पूछ पहले!'' और माँ से पूछने पर जवाब बड़ा तड़ाका मिला—एक-एक झापड़। साथ में वही पुरानी हिदायत—''कितनी बार बोली हूँ अपनी-अपनी चीज़ें सँभाल के रखो! घर में लड़ो मत! पर तुम दोनों बहनें हो कि एक-दूसरे की दुश्मन? जब देखो तब मेरे प्राण खाती रहती हो!'' अब दोनों गला फाड़ के रोने लगी हैं। घर के छोटे-से आँगन में अपनी सायकिल की साफ़-सफ़ाई में लगे बाबू अलग चिल्ला रहे हैं—''अरे, जल्दी करो! देखो सात बजने वाले हैं। मुन्नी, देख तेरी सहेली मंजू कब से आ के खड़ी है! अरे, जल्दी जाओ, नहीं तो झंडा फहर जाएगा! फिर क्या मतलब होगा तुम्हारे स्कूल जाने का!''

सभी अपने-अपने में व्यस्त हैं। मैं नहा-धोकर अपनी इस्त्री की हुई स्कूल यूनिफ़ार्म संदूक से निकालता हूँ। कल स्कूल से आकर इसे प्रेस किया था। प्रिंसिपल का बहुत सख्त आदेश है—''अगर कल यूनिफ़ार्म में नहीं आए तो घुसने नहीं दिया जाएगा स्कूल में! और सबको कल सबेरे साढ़े सात बजे तक हाज़िर होना है! साढ़े सात माने साढ़े सात! समझे?''

''यस सर!!''

मैं अपनी यूनिफ़ार्म आज बहुत एहतियात से पहनता हूँ, धीरे-धीरे, ऐसे कि किसी चीज़ का कोई दाग-धब्बा न लगने पाए। आज यूनिफ़ार्म जैसे बहुत खास है...बहुत कीमती...जैसे इसके साफ़-सफ़ेद रहने पर ही हमारी देशभक्ति तय होनी है! घर के एकमात्र कमरे में टेबल में दूसरे सामानों के बीच रखा रेडियो बज रहा है...''सुबह के सात बजने वाले हैं, अब आप संस्कृत में समाचार सुनिये''...बीप! बीप! बीप! ''इयम आकाशवाणी...संप्रति वार्ता श्रोयंताम... प्रवाचको बलदेवानंद सगरः...।''

छोटू स्कूल के लिए तैयार है...बाबू से अपने खाऊ खाने के लिए दस पैसा माँग रहा है, रोज़ की तरह...तो बाबू ने झिड़क दिया है—''अबे आज तो स्कूल में बूँदी मिलेगी!...भाग यहाँ से! साले ने रोज़ का धंधा बना लिया है—दस पैसा!''

बाहर बाबू झल्ला रहे हैं, इधर मैं टूटे हत्थे वाले बदरंग कप में चाय सुड़क रहा हूँ जल्दी-जल्दी। कहीं देर न हो जाए...। फिर मिठाई नहीं मिलेगी...।

मैं घर से निकल बाहर आ गया हूँ, शहर की चौड़ी मुख्य सड़क पर। स्कूल कोई दो किलोमीटर दूर है हमारे घर से। घर के पास भी एक स्कूल है, लेकिन सब उसे घटिया बताते हैं। यहाँ अधिकांश बदमाश टाइप के लड़के पढ़ते हैं...बिगड़ैल लड़के। मोहल्ले का गणेश यहीं नौवीं में पढ़ता है। दो बार हमारे स्कूल में फ़ेल होने के बाद वह यहीं भरती हो गया। एक दिन बता रहा था—''अरे, अप्पन का स्कूल तो बस बिंदास है बोस्स! सर को सौ-सौ के दो नोट थमाओ...और बस्स! हो गए पास!'' पर हमारा स्कूल ऐसा नहीं है। है तो वो भी सरकारी, पर इसका एक नाम है शहर में। पर क्या पता, दबे-छुपे अपने स्कूल में भी यही सब होता हो...? मैं अपनी तेज़ चाल पर ज़रा चौंकता हूँ। तेज़ चलने से साँस फूल गई है। अरे, ऐसी भी क्या जल्दी? कुछ तो वहाँ

पहुँचे भी नहीं होंगे। फिर मुझे कौन-सा झंडा फहराना या भाषण देना है!

रास्ते में अनिल का घर है। वह अपने घर के सामने खड़ा है...ब्रश करता हुआ। मुँह में भरा सफ़ेद झाग एक ओर थूकता है और मुस्कुराता है, होशियारी से भरी एक निश्चित और लापरवाह मुस्कान—''अबे, तू जा रहा है?''

''हाँ,'' मैं सशंकित होकर उसे ताकता हूँ...और बहुत आश्चर्य से। आयं! यह तो साला अभी ब्रश कर रहा है! क्या इसको मालूम नहीं है आज 15 अगस्त है? और दिनों से अलग दिन! लेकिन अनिल के लिये कहीं कुछ नया नहीं है...सब कुछ रोज़ के समान...।

''तू स्कूल नहीं जाएगा... ?'' मैं उससे पूछता हुआ जाने क्यों हल्का-सा काँप गया।

''देखेंगे यार! मूड होगा तो...।'' अनिल अपनी उसी लापरवाही से हँसता है।

मुझ पर कोई छाया-सी गिरती है। मैं घबराकर तेज़ी से वहाँ से आगे बढ़ गया, मानो रुकने से मैं पिघलने लगूँगा। मुझे इसके रंग-ढंग बिलकुल अच्छे नहीं लगते। मुझे लगता है कि यह हमारी उम्र का लड़का नहीं, बल्कि हमसे बड़ा लड़का है, जिसे डर नहीं, चिंता नहीं। यह स्कूल के टीचरों से भी इसी लापरवाही से पेश आता है जिसके कारण बहुत से टीचर इसे पसंद नहीं करते। स्कूल जैसे इसके लिए समय बिताने का अड्डा भर है।

बारिश से धुली सड़क पर मैं अपनी स्लीपरें फटफटाता आगे बढ़ रहा हूँ। गड्ढों से खुद को बचाता हुआ जहाँ बरसात का गंदला पानी जमा हो गया है। भीतर एक कसैली चीज़ रह गयी है...उसकी लापरवाह हँसी...मेरा या इस दिन का मानो खिल्ली उड़ाता हुआ...। मैं अपना ध्यान दूसरी चीज़ों में लगाने की कोशिश करता हूँ। देखता हूँ कि शहर की छतों पर धूप निकल आयी है...चमकती सुनहरी धूप...मुझे यह देखकर अच्छा लगता है...और अच्छा लगता है रास्ते के कुछ सरकारी भवनों में फहराता हुआ तिरंगा...हवा की लय के साथ हल्का-हल्का लहराता...। देशभक्ति के गाने बज रहे हैं। रास्ते में स्कूलों के बच्चे अपनी साफ़ यूनिफ़ार्मों में लकदक स्कूल जा रहे हैं...उनके चेहरों पर खुशी है...उत्साह है आज के दिन का। इन्हें देखकर सहसा मैं भी न जाने क्यों खुश हो जाता हूँ...।

तभी अपनी सायकिल से जाता रमेश दिखा। वह मेरी क्लास का है, मुझसे दो बैंच पीछे बैठता है। मैंने उसे ज़ोर से आवाज़ लगाई—''अबे रमेश!''

रमेश ने सायकिल रोकी नहीं, बस गति थोड़ी धीमी कर दी...मेरे उचककर कैरियर पर पीछे बैठने के लिए। अब हम डबल सवारी जा रहे हैं। हम स्कूल के गौतम सर की कोई मज़ाकिया बात कर रहे हैं। रमेश मस्ती में साइकिल लहरा के चला रहा है। हमें मज़ा आ रहा है।

~

सारे लड़के स्कूल के ग्राउंड में जमा हैं। अपनी-अपनी कक्षावार लाइन से खड़े हुए। सबके चेहरे पर उमंग और ताजगी है। हँसते-खिलखिलाते चेहरे। अभी राष्ट्रगान नहीं हुआ है। झंडा नहीं फहरा है। झंडा इस समय पोल के ऊपरी हिस्से में डोरी से बँधा अटका है गोल-मोल-सा। हमारा हल्ला बंद कराने पी.टी.आई. श्रीवास्तव सर इधर-उधर घूम रहे हैं, सावधान-विश्राम करवा रहे हैं, भारत माता की जय बोलवा रहे हैं। एक लचीली किंतु मज़बूत छड़ी रोज़ की तरह उनके हाथ में है...उनकी मांसल लाल मुट्ठी में। हम पर उनकी शातिर गिद्ध जैसी आँखें जमी हैं। अब बातचीत, हल्लागुल्ला बंद है। अभी हमें ज़रा-सा मुँह खोलने की आज़ादी नहीं। और भला आज दिन क्या है—पंद्रह अगस्त! आज़ादी का दिन!

लेकिन जैसे ही झंडा फहराने की बात हुई, हम सब शांत हो गए। एकदम मुस्तैद और अनुशासित सिपाही। हमारी सचेत आँखें अब प्राचार्य महोदय पर जमी हैं...स्थूलकाय प्राचार्य दुबे अपनी चप्पलें उतारकर झंडेवाले गोल चबूतरे पर चढ़ते हैं। चबूतरे को कल ही चूने से पोता गया है इसलिए झक्क सफ़ेद है। प्राचार्य महोदय ने नीचे लटक रही डोरी का एक छोर खींचा। एक झटका दिया।

और हम सब खिलखिला पड़े।

क्योंकि तिरंगे मियाँ जहाँ-के-तहाँ लटके थे। एक क्षणिक हलचल भर हुई थी वहाँ। हमारे हँसने पर श्रीवास्तव सर एकदम भड़क गए...और चिल्लाने लगे। हम सब फिर डर के मारे चुप हो गए। जबकि इस घटना पर बाकी शिक्षक भी एकबारगी मुस्कुरा पड़े थे। प्राचार्य खिसियानी हँसी हँसते खड़े रहे...जैसे

उनकी समझ में न आ रहा हो अब क्या करें। तो झंडे की नब्ज़ यादव सर ने पकड़ी...वहाँ कुछ जोड़-घटाना किया और पुन: प्राचार्य से झंडा फहराने को कहा। मुझे मोहल्ले के राव अंकल के खटारा स्कूटर की याद आ गई, जो जाने क्यों एक बार में स्टार्ट नहीं होता। वह दुबारा-तिबारा किक मारने पर ही स्टार्ट होता है...और इस बार झंडा फहर गया। हमारी तालियों की ज़ोरदार गड़गड़ाहट के साथ झंडा लहराने लगा। तुरंत राष्ट्रगान—'जन गण मन अधिनायक जय हे भारत भाग्य विधाता... ।' यूँ तो हम इसे रोज़ ही गाते हैं, पर आज के गाने में जैसे कोई खास बात थी...एक जोश! आज राष्ट्रगान गाते हुए हम खिलंदड़े, उद्दंड, नासमझ और नालायक बच्चे एकाएक बहुत समझदार हो गए थे। हाँ, आज हमारी लय भी नहीं टूटेगी, जैसा कि अक्सर होता है...आज हम सब एक साथ गाएँगे, एक सुर में..., क्योंकि आज पंद्रह अगस्त है!

प्राचार्य ने घोषणा की कि पहले सांस्कृतिक कार्यक्रम होगा, उसके बाद मिठाई बाँटी जाएगी। हम समझ गए, बहुत चालाक हैं टीचर। गुरु आखिर गुरु होता है। उन्हें मालूम है कि यदि मिठाई पहले बाँट दी गई तो मैदान अभी के अभी एकदम साफ़ हो जाएगा। इसलिए पहले भाषण, फिर राशन!

विवश होकर हम कार्यक्रम देखते रहे...सुनते रहे देशभक्ति गीत भाषण और कविता। शुरू-शुरू में तो ठीक लगा, पर बाद में बोरियत होने लगी। बेमन से तालियाँ बजाते इनके खत्म होने का इंतज़ार करते रहे।

राम-राम करके कार्यक्रम समाप्त हुआ और मिठाई बाँटने का काम शुरू हुआ। हमको हमारे क्लास टीचर वर्मा सर मिठाई बाँट रहे थे। वे छड़ी को बेकार की चीज़ मानते हैं। दरअसल उनका मज़बूत हाथ ही काफ़ी है। बल्कि छड़ी की तुलना में उनका हाथ भारी ही पड़ेगा। हम सारे दोस्त एक साथ थे...गोपाल, हरीश, गजेन्द्र और कमलनारायण... । मेरी क्या, सबकी ही इच्छा थी 'डबल हाथ' मारने की, जैसा कि ज़्यादा टिकट कटाने के लिए हम सिनेमा हॉल की टिकट खिड़की में करते हैं, जब टिकट क्लर्क को निर्देश होता है कि एक आदमी को दो ही टिकट दो... । लेकिन हमसे पहले इसका प्रयास करने वाले बिचारे राधेश्याम को सर का ऐसा घूँसा पड़ा कि वह भी याद रखेगा। वर्मा सर दहाड़े—''साले, एक टुकड़ा मिठाई के लिए बेईमानी करता है!''

उनकी दहाड़ से हमारी हवा निकल गई!

हम स्कूल से साथ-साथ लौट रहे थे। अपने अध्यापकों को कोसते...कि हमको इतना कम-कम बाँटा गया है! बचत सब अपने घर ले जाएँगे और हमको ईमानदारी की सीख देते हैं! वाह गुरु! और दुनिया भर की बातें...क्रिकेट... फ़िल्म...। इस बीच हमारी योजना बनी कि मौर्या टाकीज़ में लगी नयी फ़िल्म देखने जाएँगे, तीन बजे वाले शो में...। पैसों का जुगाड़ कर लो।

पैसा? घर पहुँचने तक यह चिंता कान में घुसे किसी कीड़े की भाँति परेशान कर रही थी। आखिर कहाँ से लाऊँ? घर में माँगने से कभी नहीं मिलेगा। अलबत्ता गाली और फटकार ज़रूर मिल जाएगी। घर से कोई उम्मीद करना बेकार है। कोई और रास्ता ढूँढना पड़ेगा। मैं इस बारे में बहुत गंभीरता से सोच रहा था। पिक्चर अच्छी है, नहीं देखूँगा तो कई दिनों तक अखरेगा। फिर दोस्तों के साथ देखने का मज़ा...। तभी मेरी नज़र घर के एक कोने पर पड़ी, जहाँ पुराने अखबारों का बंडल रखा था। बस्स! हो गया जुगाड़! मेरा दिल सचमुच खुशी से उछलने लगा। इतनी आसानी से मिल गया रास्ता! वाह भाई! ये अखबार बाबू अपने ऑफ़िस से लाए हैं, जहाँ वो चपरासी हैं। सबकी नज़र बचाकर...चोरी से।

मैं अब एकदम निश्चिंत हूँ। सिनेमा जाना तय है। रद्दी बेचने से टिकट के लायक पैसे आराम से मिल जाएँगे।

अभी साढ़े ग्यारह बज रहे थे। दोपहर धीरे-धीरे चढ़ रही थी। धूप और-और चमकदार होती हुई। तभी गुड़ी ने आकर मुझे खबर दी—''भैया, तुमको काका बुला रहे हैं।''

काका यानी घनश्याम काका। हमारे पड़ोसी। मैं समझ गया। वो मुझे खाली एक ही काम के लिए बुलाते हैं—शराब भट्टी से शराब लाने। बदले में मुझे एक-दो रुपये मिल जाते हैं।

मैं काका के पास गया ज़रूर लेकिन भट्टी जाने का मूड बिलकुल नहीं था। मैंने काका को समझाने की कोशिश की, ''पर काका, आज तो दारू भट्टी बंद होगी। पंद्रह अगस्त जो है!''

लेकिन काका भी अजीब ज़िद्दी आदमी हैं। बोले, ''अरे, कोई बंद-वंद नहीं रहता। ये सब कहने की बात है। चोरी-छुपे सब होता है। बल्कि साला बंद के दिन ही लोग ज़्यादा पीते हैं। फिर मान लो नहीं मिली तो तू वापस आ जाना! अच्छा, जा बेटा!''

मैं चल पड़ा। दो रुपये का लालच। हाथ में उनका दिया थैला और पैंट की दायीं जेब में रुपये। भट्टी घर से कोई डेढ़ किलोमीटर दूर है।

मैं शराब भट्टी के आगे ठिठक गया। सामने का बड़े अहाते—जहाँ लोग बैठ के पीते हैं—का गेट बंद था। उसके पीछे दुकान है जिसके सामने दरवाज़े पर ताला लगा है, पर साइड का एक छोटा दरवाज़ा ज़रा-सा खुला है। इधर गेट के सामने बने चबूतरे पर कुछ सिपाही बैठे हुए हैं गप्प मारते। वे इस समय ड्यूटी पर हैं, जाने किस बात पर वो हँस रहे थे। उन्हें देखा तो मन बुझ गया। उल्टे पाँव वापस जाना पड़ेगा। मुझे काका पर बहुत गुस्सा आया—‘‘नहीं मिले तो वापस आ जाना!’’ हुँह!

मैं असमंजस में चुपचाप खड़ा था। लौटने का मन बना रहा था। सहसा मेरा ध्यान गया, पास में रहने वाले सिपाही रघुराज सिंह वहाँ ड्यूटी पर हैं। मुझे देखकर वो पूरी बात समझ गए। उठकर आए और चुपचाप मुझे एक कोने में खड़े रहने को बोलकर मुझसे थैला और रुपए ले गए। मैं थोड़ा-सा डरा। पता नहीं मेरा पैसा वापस होगा कि नहीं? वे गेट खोलकर भीतर गए और कुछ ही क्षणों में वापस आ गए, थैले में ‘माल’ भरकर। मुझे थैला पकड़ाकर धीरे से बोले, ‘‘देख, किसी से कहना मत।’’

मैं आज्ञाकारी बनकर मुंडी हिला देता हूँ।

रघुराज सिंह अपनी घनी काली मूँछों में हल्के मुस्कुराते हुए फुसफुसाए, ‘‘देखना, इसमें तीन बोतलें हैं...दो मेरे घर छोड़ देना...चुपचाप.., समझा?’’

हाँ-हाँ! बिलकुल! मैंने उनके हाथ से थैला ले लिया। थोड़ा आगे जाकर थैले के भीतर देखता हूँ। शेर छाप! तीन! तीन-तीन शेर थैले के भीतर से मुझे देख गुर्रा रहे हैं...लेकिन मैं हँसता हूँ। ज़ोर से।

मैं लौट रहा हूँ। सड़क के रिक्शा चौक के चबूतरे पर तिरंगा फहरा रहा है। यहाँ रिक्शेवाले मिलकर, आपस में चंदा करके झंडा फहराते हैं, बच्चों को सेव-बूँदी भी बाँटते हैं। चबूतरे पर महापुरुषों के चित्र मय हार-तिलक के रखे हैं। लाऊडस्पीकर में इस समय बज रहा है—‘सारे जहाँ से अच्छा... हिन्दोस्तां हमारा...।’

ऐज़ युज़ुअल

उस दिन, शाम ख़ासी गहरा चुकी थी जब मैं उससे मिलने जा रहा था, एक किंचित तरल किंतु स्वाभाविक शोक से भरा हुआ...।

कल सुबह उसकी माँ का निधन हो गया था। सुबह 11 बजे के आस-पास अपने मोबाइल पर उसका मैसेज मिला था—''आज सुबह मेरी माँ नहीं रहीं। उनकी अंतिम यात्रा 12 बजे श्याम नगर से निकलेगी। अंतिम संस्कार शिवनाथ नदी के मुक्तिधाम में होगा।''

जब शैलू का मैसेज मिला तब मैं शहर से बाहर था, अपनी नौकरी में ऐसा फँसा हुआ, जहाँ से छूटना मुश्किल था और बताए गए समय पर पहुँचना तो बिलकुल नामुमकिन। मैं वाकई बहुत अफ़सोस से भर गया था। उसकी बूढ़ी माँ का चेहरा सहसा मेरी आँखों के सामने उभर आया था—उम्र और समय की मार से सँवलाया दुर्बल चेहरा...किंतु सहज आत्मीयता से भरा हुआ...। जो अक्सर हमारे उसके घर जाने पर थोड़ा खिल उठता था।...वही खिला आत्मीय चेहरा मेरे सामने तैर रहा था। जब कभी वह वहाँ मिल जातीं, हम लोगों—शैलू के मित्रों—का संक्षेप में ही सही, लेकिन हालचाल ज़रूर लेतीं और उनके चेहरे की प्रसन्नता से हम लोगों को भी सचमुच बहुत खुशी होती थी। हमारा शैलू के घर—सेक्टर-4 वाले क्वार्टर में मिलने जाने का सिलसिला कोई चार साल पहले बंद हो गया जब उसने यहाँ की कंपनी छोड़कर चन्द्रपुर की एक कंपनी ज्वाइन कर ली थी और अपने परिवार—पत्नी और एक बेटे—सहित वहीं शिफ़्ट हो गया। तब से माँ अपने बड़े बेटे के साथ रह रही थीं और शैलू जब छुट्टियों में यहाँ आता तब उससे मुलाकात हो पाती। साल भर पहले की किसी ऐसी ही मुलाकात में उससे मालूम चला था कि माँ इधर बीमार चल रही हैं और बड़ा भाई ही उनकी सेवा-टहल कर रहा है...।

उसके चन्द्रपुर चले जाने के कारण हमारी मुलाकातें अब सिमट गयी थीं। हाँ, त्यौहार में वह आता तो फिर से हमारी बैठकी हो जाती—जिसका शैलू शौकीन है। एक यारबाश आदमी!

मैं इधर पिछले कुछ महीनों से शैलू के संपर्क में भी नहीं था, फ़ोन पर भी नहीं, इसलिए मुझे ठीक-ठीक मालूम नहीं उनकी मृत्यु का कारण। लगा, शायद बीमार चल रही थीं इसी से...? या फिर बुढ़ापा, जो अपने आप में सबसे बड़ी बीमारी है, उसके चलते...? या फिर और कुछ...? मैसेज के अनुसार अंतिम यात्रा शैलू के बड़े भाई के घर से निकलेगी। यानी श्याम नगर के उनके पुश्तैनी घर से।

मैसेज मिलने पर तत्काल उससे बात करना या कुछ पूछताछ करना मुझे उचित नहीं जान पड़ा था। लगा, दु:ख की इस घड़ी में अभी उसके घर पर रिश्तेदारों, मोहल्लेवालों और परिचितों का जमावड़ा होगा, लोग अंतिम संस्कार की तैयारी में जुटे होंगे...इनके बीच तुरंत इस बारे में कुछ भी पूछना उनकी परेशानी को और बढ़ाना होगा...।

मैंने मन-ही-मन तय कर लिया था कि कल मिलना है, शाम को, जब मैं शहर लौट चुका होऊँगा। मैंने तब उसे तत्काल मैसेज कर दिया था—''मैं बाहर हूँ। जानकर बहुत दु:ख पहुँचा। माँ को मेरी हार्दिक श्रद्धांजलि!''

~

और आज जब लौटा, शाम को उससे मिलने के लिए मैंने फ़ोन किया। यह हमेशा मुझे बहुत कठिन और किंचित असंवेदनशील काम मालूम देता है कि किसी के प्रियजन का निधन हुआ हो और आप उससे फ़ोन पर अधिक पूछताछ करते फिरें। मैंने कहा, ''शैलू, मैं मिलने आ रहा हूँ।'' उसने बताया कि मयंक भी आ रहा है। ऐसा करते हैं, हम अपने अड्डे पर मिलते हैं...।

हमारा अड्डा! यानी पुराने बस स्टैंड की कोने वाली चाय की गुमटी— 'यादव टी स्टॉल'! जहाँ हम आज भी हर दो-चार दिन में शाम को जुट जाते हैं। जोहन यादव की गुमटी के आगे की लकड़ी की लचकीली बैंच पर बैठे हम दुनिया-जहान की गप मारते रहते हैं और साथ-साथ कड़क चाय के दौर!

तो मैं इस समय वहीं जा रहा था और बहुत स्वाभाविक रूप से माँ की मृत्यु और शैलू के बारे में सोचता हुआ। उस घर से माँ का चले जाना...अपने आत्मीय का बिछड़ जाना...एक सम्बन्ध का सहसा टूट जाना, इससे उपजने वाली पीड़ा और दु:ख और इसके बाद के नियम-धरम जिसके चलते जीवन में सहसा आ पड़ी बदहवासी...। मेरे सामने अपनी बाइक चलाते हुए शैलू का बुझा-बुझा और ग़मगीन चेहरा था। उससे इस सम्बन्ध में चंद बातें हम लोगों को करनी थीं। हालाँकि यह 'फ़ॉर्मल' है, लेकिन ज़रूरी भी। मुझे लगता है, मेरे जैसा व्यक्ति उम्र के अड़तालीसवें वर्ष के पड़ाव तक आते-आते एक साँचे में ढल चुका होता है, जब आप धीरे-धीरे बुढ़ापे की तरफ़ बढ़ने लगते हैं, साथ के कुछ लोग आपसे बिछुड़ चुके होते हैं; ऐसे में मृत्यु जैसी शाश्वत चीज़ के बारे में हम कुछ ज़्यादा ही संजीदा हो जाते हैं...कहीं-न-कहीं बाद के कुछ सालों के बाद जैसे ख़ुद को इसी कोने में देखते हुए...।

पर, शैलू से मिलते ही लगा, मेरा ये सब सोचना कितना फालतू है! वह मेरे अनुमान से बिलकुल अलग निकला, दोस्ताना गर्मजोशी से ख़ासा भरा हुआ...।

मुझे तत्काल समझ में आया, शैलू जीवन की इस कठोर सच्चाई को संभवत: मुझसे कहीं ज़्यादा समझता है—ज़्यादा वास्तविक और ज़्यादा परिपक्व ! और इन सबको लेकर किसी भी व्यर्थ की भावुकता से दूर! मैंने ध्यान दिया, उसके चेहरे पर माँ के गुज़र जाने के दुख या शोक के ऐसे कोई भी चिन्ह नहीं थे। देखकर नहीं लगता था कि कल ही उसके किसी अपने की मृत्यु हुई है...।

वह कतई 'सेण्टी' नहीं था। वह वैसा ही था जैसा हमसे मिलता आया था। उसी तरह सिगरेट पीता और उसी खुशमिज़ाजी से हमसे हँसी-मज़ाक करता हुआ।

उसे यों देखकर मुझे थोड़ी हैरानी—दाल में नमक बराबर—तो ज़रूर हुई, लेकिन कुछ देर के बाद ख़ुद को समझा लिया कि वह इस दुख से—यदि वह है तो—काफ़ी-कुछ उबर चुका है और यह अच्छी बात है कि वह अपने दुख को बेमतलब किसी तमगे की तरह लटका के नहीं घूम रहा है। हालाँकि मैं ख़ुद इस बात को भूल नहीं पा रहा था कि उसकी माँ की मृत्यु कल ही हुई है...। कल !

वहाँ मयंक भी था।

शैलू ने ही और दिनों की तरह उससे याराना भाव से कहा—''अरे, चाय तो बोल यार!''

यह शहर का पुराना बस स्टैण्ड है जहाँ कुछ खाली जगह बची हुई है, जिसके चलते अक्सर शाम होते ही लोगों का यहाँ मिलना-जुलना होता है, जो देर रात तक चलता रहता है। एक ओर लाइन से छोटे-मोटे होटल और पानठेले। गुलज़ार माहौल। होटल और पानठेले के आस-पास युवाओं के झुंड थे, कुछ खड़े, कुछ बैठे, आपस में ज़ोर-ज़ोर से बतियाते, हँसी मज़ाक करते। यहाँ की हवा में चाय की गर्म, मीठी और सोंधी-सोंधी-सी खुशबू हरदम बनी रहती है।

हम लोगों ने अपनी बातचीत के लिए वहाँ एक कोना चुन लिया था।

मैंने शैलू से पूछा, ''और कल सब ठीक-ठाक निपट गया?'' इस उम्मीद में कि वह कल की चर्चा थोड़े विस्तार से करेगा, अपनी माँ अथवा उनकी मृत्यु के बारे में कुछ बताएगा...जो हम नहीं जानते थे और उससे जानना चाहते थे।

उसने कहा—''हाँ ऐज़ युजुअल।'' मैंने देखा, बताते हुए वह हल्का मुस्कुरा रहा है, इस भाव से कि भाई, यह तो परम्परा है कि भला इसमें नया क्या है? कि यह तो ज़माने से होता आया है और सबके साथ। है कि नहीं?

'हाँ।' एक पल को मैंने भी सोचा—'हाँ, युजुअल ही तो है। भला श्मशानघाट में नया क्या होता है? कुछ नहीं?' पर लगा, यार, मामला सबके लिए इतना भी 'ऐज़ युजुअल' नहीं होता। ख़ासतौर पर तब, जब चिता पर रखी गयी देह आपके किसी अपने की होती है, जिसके साथ आपने अपना एक लम्बा समय बिताया है, दुख-सुख की जाने कितनी यादें जुड़ी रहती हैं मरने वाले के साथ। फिर यह तो शैलू की माँ थी!...उसकी मृत देह को अपनी आँखों के सामने पहले चिता पर देखना, फिर उस चिता को धू-धू करके जलता हुआ देखना...चिता से उठती हुई आँच...छिटकती हुई चिंगारियाँ...। क्या यह सब 'ऐज़ युजुअल है?' पर प्रकट में मैंने कुछ कहना ठीक नहीं समझा। भला बोलता भी क्या? सम्बन्ध इसके अपने हैं। इसकी वास्तविकता भी यही जानेगा बेहतर।

कई दफ़े यूँ भी होता है कि हम अपनी भावनाओं को सार्वजनिक नहीं करना चाहते कि इससे हमारी कोई कमज़ोरी दिख जाती है। लेकिन जो ऐसा

करते हैं, वे किसी-न-किसी क्षण पकड़ में आ ही जाते हैं। आपकी आँखें, भाव क्रियाकलाप बॉडी-लैंग्वेज...कितनी सारी तो चीज़ें हैं जिनकी चुगली से सच का कुछ-न-कुछ कतरा झलक ही जाता है, आपके नहीं चाहते हुए भी। यह आपका ओढ़ा हुआ आवरण पल भर के लिए ही सही, छूट जाता है। लेकिन मैं शैलू में ऐसा कुछ भी नहीं ढूँढ पाया।

''तू चन्द्रपुर से कब आया ?'' मयंक ने पूछा।

''कल साढ़े दस बजे के करीब...। अच्छा हुआ जो ट्रेन राइट टाइम थी... नहीं तो और देर हो सकती थी...अमां, जानते तो हो इंडियन रेलवे को। यहाँ आने के बाद ही सबको एसएमएस किया।''

मैंने कहा, ''यार बाहर सर्विस करो तो यइ सबसे बड़ी मुसीबत है! घर में कुछ परेशानी हो गई तो आने-जाने की बड़ी दिक्कत होती है।''

''हाँ। सो तो है। पर अब...वो कबीरदास का दोहा हम लोग स्कूल में पढ़ते थे ना...कि 'करत-करत अभ्यास के जड़मति होत सुजान, रसरी आवत जात ही सिल पर पड़त निसान!' तो अपन भी रगड़ खाते-खाते सुजान हो गए हैं!'' वह ज़ोर से हँस पड़ा, गोया इस दोहे के बहाने अपनी ज़िंदादिली जताने में उसे बहुत मज़ा आया हो।

हम भी हँस पड़े। फिर वही बताने लगा कि पहले तो बीवी-बच्चे को इस तरह लाने-ले जाने में बड़ी परेशानी होती थी, पर अब तो जैसे उनको भी इसकी आदत हो गई है!

उसकी पत्नी का ज़िक्र आया तो मैंने पूछ लिया, ''भाभी वहाँ अभी जॉब कर रही हैं या छोड़ दी ?''

''अरे कहाँ से छोड़े महाराज! मेरा बीस हज़ार का ई.एम.आई. है कार लोन का!...कैसे पूरा होगा? फिर बच्चे की पढ़ाई-लिखाई! सब तो लगा है भाई। फिर बाकी शौक भी इसी बजट में पूरे करने होते हैं...जैसे अभी दीवाली की छुट्टियों में गोवा घूम के आ गए।''

''वाह! खूब घूम लेते हो, यार!'' मैंने किंचित बनावटी रश्क से कहा।

''मैं घूमे-फिरे बगैर रह नहीं सकता। साल में एक-दो ट्रिप तो होना ही होना। अभी चार दिन के बाद राजस्थान का प्रोग्राम है। टिकट-विकिट सब बुक हो चुके हैं, पहले से ही। पहले बीवी मना कर रही थी, 'अरे, नहीं-नहीं,

इधर ये माहौल है और तुम...? घर के लोग भला क्या कहेंगे? दशगात्र को तो हो जाने दो! कि ऐसे भी भैया-भाभी ने ही माँ की सेवा की है, हमारा भी तो कुछ फ़र्ज़ बनता है! इसको कैंसिल करो!' पर मैंने कहा, 'अरे भाई, हम ये बताकर थोड़ी न जा रहे हैं कि बाहर घूमने जा रहे हैं! मैं बताऊँगा कि नौकरी के सिलसिले में जाना पड़ रहा है। अरजेंट है। बाकी आप लोग सब देख लेना।' फिर वैसे भी रुककर क्या होगा? ढेर सारे रिचुअल्स! वही परिवार और जात-बिरादरी के लोगों से मिलना-मिलाना! खाना-पीना! घरवालों को भला क्या मालूम चलेगा? और ऐसे भी तो वहाँ से आने के बाद हमको कौन-सा इनके साथ रहना है? अलग ही तो रहना है!''

उसकी नौकरी के सम्बन्ध में बात निकली, तो बताने लगा, '' इधर कोल ब्लॉक्स पर पाबंदी लग जाने के कारण प्रोडक्शन बहुत गिर गया है। छंटनी चल रही है। नहीं तो ठीक ही चल रहा था और कारखाने के असल मालिक तो ये कोल-माफ़िया वाले हैं। पूरा एम्पायर चलता है उनका। उधर का एक कोल माफ़िया आता था हमारे कारखाने। एकदम यंग! और क्या हैल्थ-हाइट बॉडी उसकी! हम लोगों से भी हाथ मिलाता था गाहे-बगाहे। और क्या ठाठ थे साले के! चार-चार बॉडीगार्ड साथ चलते थे गन ले के। जैसे फ़िल्मों में देखते हैं ना विलेन को, वैसइ। पर उसी के पी.ए. ने एक दिन उसको शूट कर दिया...। वहाँ ऐसइ चलता रहता है।...इसी से तो वहाँ की नौकरी छोड़ने वाला हूँ मैं...।''

फिर वह अपनी नयी कंपनी के बारे में बताने लगा, जहाँ वह अगले महीने ज्वाइन करेगा, जो यहाँ से सौ किलोमीटर की दूरी पर है। ''ये नयी फ़ैक्ट्री कुछ आउटर एरिया में ज़रूर है, लेकिन सेलेरी अच्छी दे रहे हैं। फ़ैक्ट्री के आउटर एरिया में होने के कारण ही तो ज़्यादा दे रहे हैं! मैं तो वहीं रहूँगा। अब बेटे का स्कूल भी सेट हो गया है। मेरे लिए सौ किलोमीटर की दूरी अब कोई दूरी नहीं है, जब छुट्टी हो आ जाया करेंगे। कोई दिक्कत नहीं।''

''बेटा कौन-सी क्लास में है?''

'' अभी एट्थ में है। देखो, मेरा फ़ंडा ये है कि बच्चे का बेसिक बन गया तो आगे वो खुद से इम्प्रूव कर लेगा। इसलिए दूर जाने का रिस्क लिया जा सकता है। वैसे भी पढ़ाई में वो काफ़ी तेज़ है। उसके टीचर उससे परेशान

रहते हैं, ये इतने ज्यादा क्वेश्चन्ज़ जो उनसे पूछता है। कई बार तो बिगड़ जाते हैं, 'अमन, तुम दूसरों को भी तो पूछने दो!' पहले उससे स्कूल की टाई नहीं बँधती थी। अरे, ये आसान काम नहीं है कोई! एक रोज उसने गूगल में जाकर 'यू ट्यूब' पर चेक किया, फिर तो उसके लिए बहुत आसान हो गया।'' बेटे के बारे में बताते हुए वह बहुत खुश नज़र आया और आत्मविश्वास से लबालब भरा हुआ। एक दमक आ गई थी उसके चेहरे पर। ''यार, टेक्नोलॉजी हमारी कितनी तरह से मदद करती है! हमें तो कहीं भी घूमना-फिरना होता है सारी ऑनलाइन बुकिंग आजकल वही करा लेता है। वहाँ जा के फ़ालतू के चक्कर खाने का झंझट तो नहीं रहता!''

इसी तरह हम बातें करते रहे और शैलू ही बोलता रहा ज्यादातर। वैसे भी हमारे पास बताने को ज्यादा कुछ नहीं था। क्योंकि अपनी नौकरी तो इसी छोटे शहर में है। भला यहाँ ज्यादा नया क्या होगा? और मेरे जैसे सरकारी नौकरी करते आदमी का क्या? कोई एडवेंचर नहीं। मुल्ला की दौड़ मस्जिद तक!

≈

कोई दो घंटे बीत चुके थे हमारे यहाँ-वहाँ की गपशप में। चुनाव, राजनीति, क्रिकेट, सिनेमा...और भी न जाने क्या-क्या। चाय का हमारा तीसरा दौर भी खत्म हो चुका था। साढ़े नौ हो चुके थे।

फिर हम अपने-अपने घरों के लिए निकल आए।

रास्ते में मुझे ध्यान आया, अरे, अपनी माँ के बारे में तो उसने कुछ बताया ही नहीं!

उसकी वापसी

मैं यहाँ नहीं रहना चाहती ! बिलकुल भी नहीं रहना चाहती ! ये जगह बिलकुल भी अच्छी नहीं है ! पिछले तीन दिन से, जब से मुझे होश आया है, मम्मी से बस यही ज़िद करती हूँ कि मुझको यहाँ से ले चलो...ले चलो...। पर मम्मी हैं जो सुनती ही नहीं। बोलती हैं—''हाँ बेटा, बस। कल हम लोग चले जाएँगे। रोज़ बोलती हैं कि हम कल चले जाएँगे करके।''

बोलते-बोलते अक्सर मम्मी की आँखों में आँसू आ जाते हैं। मैं जानती हूँ, वो मेरे लिए रोती हैं...मैं बीमार जो हूँ। मैं मम्मी को नहीं रुलाना चाहती। मैं कोई गंदी बच्ची थोड़ी हूँ! मैं तो अपने मम्मी-पापा की अच्छी बेटी हूँ! मम्मी ने मेरे को यह सिखा के रखा है—अपनी मम्मी की सबसे प्यारी बेटी! सबसे अच्छी बेटी!

पर जाने वाला कल नहीं आता। मैं तो अभी ठीक से चल भी नहीं पाती। नहीं तो तुरंत भाग जाती। मेरी पूरी बॉडी में कैसे-कैसे तो बेंडेज लपेट के रखे हैं! मेरे तो अभी हाथ-पैर भी ठीक से नहीं हिलते, नहीं तो सचमुच भाग जाती। आपने मुझको देखा नहीं है ना पहले, इसीलिए। पहले देखा होता तो ऐसी बात थोड़ी करते। स्कूल की स्पोर्ट टीचर हमेशा मेरा उदाहरण देती हैं। यहाँ तक कि मेरे क्लास टीचर को भी बताती हैं तो वो हँसती हैं—''अरे, आशी... वो तो भइया क्लास में सबसे ऊधमबाज़ है! कितनी मुश्किल से तो इसको हम सँभालते हैं।'' वो सही बोलती हैं। मम्मी भी जब पैरेंट्स मीटिंग में आती हैं तो मेरी शैतानी के किस्से उसे सुनाती हैं। मम्मी उनके सामने मुझे डाँटती हैं—''बेटा नई...स्कूल में ज्यादा मस्ती नई करते...आगे से नई करना...।'' पर मैं भी किसी की कहाँ मानती हूँ। स्कूल हो या घर, खेलेंगे नहीं तो हम बच्चे भला और क्या करेंगे ? फिर सारी पोएम याद हैं। ए.बी.सी.डी.ई.एफ...एक्स.

वाइ.जेड...सब तो याद है! होमवर्क भी डेली के डेली कर लेती हूँ। मम्मी कराती हैं। मुझे तो स्कूल में कब्भी भी पढ़ाई के लिए सज़ा नहीं मिली। फट् से बता देती हूँ जो पूछती हैं। ये मन्की...ये एप्पल..ये फ्लावर...ये रोज़..ये पिकॉक...सब याद है...। खुश होकर मम्मी मेरे गाल से गाल सटाती हैं, मेरे घुँघराले बाल—जो उनको बहुत पसंद हैं—को समेटकर कहती हैं—''मेरी होशियार बच्ची!'' और पापा को भी बताती हैं—''अरे, इसको सब आता है...सब!'' पापा मुस्कुराते हैं। खुश होते हैं। पापा कभी-कभी घुमाने ले जाते हैं पार्क या मार्केट..। पर सच कहूँ, न जाने क्यों मुझे लगता है, पापा न, मम्मी जैसा प्यार मुझको नहीं करते। पर मम्मी तो मेरे बिना रह नहीं पातीं। मैं भी नहीं रह पाती। इसीलिए तो मम्मी से ज़िद करती हूँ...मुझको घर ले चलो...।

यहाँ अकेले पड़े-पड़े सब मुझे कितना याद आते हैं—अपना घर..स्कूल...मेरी फ्रेंड्स...टीचर...।

यहाँ कैसा तो अजीब-सा लगता रहता है। सब दरवाज़े-खिड़की बंद! हरदम। ये एक काफ़ी बड़ा हॉल है, जिसमें लाइन से बेड लगे हुए हैं। यहाँ सब बच्चे ही हैं, कोई छोटे, कोई बड़े। कोई लड़का, कोई लड़की। और सबकी बॉडी पर ऐसी ही पट्टी बँधी हुई। किसी-किसी का तो पूरा चेहरा जला हुआ...देखके मुझको बहुत डर लगता है...डरावनी पिक्चर में देखते हैं ना वैसे ही। ये तो अच्छा हुआ कि गरम पानी मेरे मुँह पे नहीं गिरा...नहीं तो मैं भी कुछ ऐसी ही दिखती। मम्मी-पापा भी बोलते हैं कि अच्छा हुआ चेहरे पे नहीं गिरा...नहीं तो...। हाँ, मैं जानती हूँ। मेरे चेहरे पे गिरा होता तो मैं कितनी भद्दी दिखती। फिर मेरा ब्याह थोड़ी होता! मुझे सब पता है, सुंदर लड़की का ही ब्याह होता है, भद्दी लड़कियों का नहीं। मेरी क्लास की सोनाक्षी है ना, उसकी बुआ एकदम दुबली-पतली और छोटी-सी है और चेहरा भी सुंदर नहीं है इसीलिए उसकी शादी नहीं हो सकी। सोनाक्षी ने एक बार बताया था। पर वो बुआ कितनी अच्छी है! हमेशा हँस-बोल के बात करती है।

मेरे बगलवाले बेड पर एक दीदी है...आठ साल की। वो परसों आई है। पता है, उसके पापा ने ना गुस्से में इसकी मम्मी को और इसको जला दिया! इसकी मम्मी बेचारी तो उसी दिन मर गई। आज इसको पूछने के लिए एक पुलिसवाली आंटी आई थीं। डॉक्टर के साथ। उनके साथ एक और भी आदमी

था जो लिखने का काम कर रहा था। मेरी तो कुछ समझ में नईं आ रहा था। पुलिस को देख के मेरे को भी थोड़ा-थोड़ा डर लग रहा था। ये दीदी तो मारे डर के कुछ बता ही नहीं पा रही थी। एकदम फटी-फटी आँखों से उनको देख रही थी। जैसे वो समझ ही नहीं पा रही हो कि ये सब क्या हो रहा है। पुलिसवाली आंटी बार-बार कह रही थीं, ''डरो मत बेटा...यहाँ तुम्हें कोई कुछ नहीं कहेगा...।'' वो आंटी हँस के पूछ रही थीं तब भी ये बोल नहीं पा रही थी। जाने क्यों वो बार-बार दरवाज़े की तरफ़ देखने लगती थी...जैसे वहाँ कोई है...छुपा हुआ...बहुत डरावना!...कोई सींगवाला राक्षस! जो इसके बताते ही भड़ाम से दरवाज़ा तोड़कर यहाँ आ जाएगा और इसका गला दबा देगा! डर के मारे वो बोल ही नहीं पाती थी। गले से बस अजीब डरावनी आवाज़ निकल रही थी। जब आंटी ने इससे बार-बार पूछा, ''बेटी तुमको किसने जलाया... तुम्हारी मम्मी को किसने जलाया''...तो इतना बस बोली—''पापा।'' और वो एकदम रोने लगी...''माँssssओ माँsssssओ..माँ.sss..।''

मेरे को लगा ये झूठ बोल रही है। भला पापा क्यों जलाएँगे मम्मी को? मम्मी तो सबको खाना बना के देती है, घर की साफ़-सफ़ाई करती है, हमको स्कूल के लिए तैयार करती है...हमको टिफ़िन देती है...। ऐसी मम्मी को भला पापा क्यों जलाएँगे? झूठ बोलती है ये लड़की। ज़रूर इसने कोई ग़लती की होगी, इसके पापा गुस्सा हो गए होंगे तो अपना बचने के लिए झूठ बोल रही है ये।

पर ये झूठ क्यों बोलेगी भला? ये दीदी तो बेचारी खुद रो रही है। यहाँ तो इसे कोई डाँट नहीं रहा। फिर क्यों ये इतनी डरी हुई है? अब क्या पता? इसके बारे में मम्मी से पूछना पड़ेगा।

पर मैं तो अब बोल पा रही हूँ। मेरे से कोई पूछे तो मैं फट्-फट् जवाब दूँगी। मेरे को तो सब अच्छे से याद है। मैं स्कूल से लौटी ही थी। तीन बज रहा होगा। मेरे को ज़ोर से भूख लगी थी। घर में मम्मी भर थीं। दादा-दादी तो कल से बाहर कहीं घूमने गए हैं...कहाँ? हाँ, याद आया...शिरडी! शिरडी गए हैं। साईं बाबा के पास। पापा अपनी दुकान में थे। मालूम है काहे की दुकान है? नल के पाइप-वाइप की दुकान है। पापा बहुत बिज़ी रहते हैं। रात को आते हैं। मैं तो तब तक सो चुकी होती हूँ। कब्भी-कब्भी ही ऐसा हुआ

है कि पापा आए और मैं जग रही हूँ। तो उस दिन मेरे को बहुत ज़ोर से भूख लगी थी। मैं मम्मी को बता रही थी—''आज ना मम्मी स्पेशल डे था। पता है, सबकी मम्मी ने आज एक ही डिश बनाके भेजा था—ढोकला! आपने क्यों नहीं दिया?'' मम्मी बोलीं, ''अरे, मैं भूल गई थी आशी। बाद में मेरे को याद आया। रुक, मैं तेरे लिए अभी बना देती हूँ।'' और मम्मी किचन में चली गई थीं। मैं सोफ़े में ही टैडी बियर से खेलने लगी थी। आपको मालूम है, वो मेरे से बात करता है! हाँ मेरी सब बात सुनता है, मेरी हर बात मानता है। मेरे साथ वो खेलता भी है! हम दोनों ना मिलके खूबिच मस्ती करते हैं। मैं अकेली हूँ ना। मेरा कोई भाई नहीं है। मेरी दादी हमेशा बोलती हैं—''रे आशी, तेरा एक भाई भी होना चाहिए। तू अपनी मम्मी को बोलाकर मेरे को एक ठो भइया चाहिए।'' मैं बोलती थी तो शुरू-शुरू में मम्मी हँस देती थीं। मेरी दादी फिर बार-बार बोलती थीं और मुझसे पूछती थीं, ''तू बोली अपनी मम्मी को?'' पर बाद में मेरे कहने पर मम्मी जाने क्यों एकदम चुप हो जाने लगीं। मैं मम्मी को देखती थी, वो ये बात सुनके जाने कहाँ खो जाती थीं... बोलती नहीं थीं कुछ भी। वो परेशान हो जाती थीं सुनके। मानो मैंने ऐसा कुछ बोल दिया जो मुझको नहीं बोलना चाहिए। हाँ, एक बार तो गुस्से में आ गईं, ''क्या भाई-भाई करे जा रही है तू? जो बोल रहे हैं जा के उन्हीं को बोल! वही लोग लाके देंगे कहीं से तेरे को तेरा भाई! मेरे से इसके बारे में मत बोलाकर। समझी!'' मालूम नहीं, क्या हो जाता है सुनकर। एक बार तो वो रोने लगी थीं। तब से मैंने जान लिया, मेरे को मम्मी से ये बात नहीं बोलनी है। भले ही दादी कित्ता ही बोलें। भले ही मेरे से गुस्सा हो जाएँ। मेरे लिए तो ये अपना टैडी बियर ही अच्छा। मालूम नहीं, क्यों दादी मम्मी के पीछे पड़ी रहती हैं—एक लड़का होना चाहिए घर में। ये सब आखिर कौन सँभालेगा? लड़की तो ब्याह के बाद दूसरे घर चली जाएगी। हमारे कुल का क्या होगा? दादी इस समय बहुत कड़क दिखती हैं—ठीक हमारे स्कूल के प्रिंसिपल के समान! चेहरा गुस्से से काला हो जाता है और बोलने में कैसा तो कड़कपन...जैसे बात नहीं कर रही हों, किसी को पत्थर फेंक के मार रही हों! मैं देखती हूँ और मन-ही-मन जानती हूँ...दादी कभी भी मम्मी को पसंद नहीं करतीं। कब्भी भी नहीं। वो बेचारी तो उसका आगे-आगे से हर काम

करने की कोशिश करती हैं...टाइम पर चाय, टाइम पर नाश्ता, खाना...फिर कभी-कभी रात को उनके पैर दबाना। तब भी ना दादी हमेशा पापा से मम्मी की शिकायत करती रहती हैं—''अरे, बता दे जा के अपनी बीवी को...मेरे से बगैर पूछे क्या बनेगा, इसका फ़ैसला न किया करे! अरे, अभी मैं जिंदा हूँ! ये तो मेरी एक बात नहीं सुनती! बहुत चढ़-बढ़ गई ये! आखिर जैसे घर से आई है उसके गुन तो वही रहेंगे!'' सुन के पापा एकदम गुस्सा हो जाते हैं, मम्मी को ज़ोर-ज़ोर से डाँटने लगते हैं बहुत गुस्से से...''तू आखिर करती क्या है दिन भर? मेरे माँ-बाप का ध्यान नहीं रख सकती?''

कभी-कभी मम्मी भी गुस्से से दादी से लड़ पड़ती हैं—''जो बोलना है मेरे को बोलो! मेरे माँ-बाप को कुछ मत बोलो!'' फिर दादी और चिढ़ जाती हैं—''क्यों नहीं बोलूँ? अरे हमारा एहसान मानो जो तुम्हें अपने घर की बहू बना के लाए हैं! वरना तुम्हारे बाप की हैसियत ही क्या है! रोड पर फलों का ठेला लगाने वाला अपनी बेटी को दे ही क्या सकता था? जाने क्या जादू किया तुम लोगों ने मेरे इकलौते बेटे पर कि तुमको देख के हाँ बोल दिया। वरना इसके लिए एक से बढ़ के एक रिश्ते आ रहे थे। तू अभी-भी किसी घमंड में मत रहना हाँ, जिस दिन हम लोगों का मन करेगा, फ़ैसला कर देंगे...।''

उफ्फ! ये दादी की बात आते ही ना सब कुछ-का-कुछ होने लगता है! मेरे ऊपर भी हमेशा गुस्सा करती रहती हैं। मुँह में पान भरे, दिन भर सोफ़े पर बैठी-बैठी हमेशा डाँटते रहती हैं—ये मत कर लड़की...वो मत कर लड़की! बार-बार ना मेरे को लड़की बोलती रहती हैं। मेरी फ्रेंड के दादी लोग ऐसा नहीं बोलते। मैंने रुचि से पूछा है। तो यही दादी क्यों ऐसा बोलते रहती हैं भला? हमेशा कहती हैं, ''तेरे को न लड़की नहीं, लड़का होना था। भगवान ने ग़लती कर दी।''

मेरे को दादी की बात समझ नहीं आती। पर मैं कुछ नहीं कर सकती। अभी बहुत छोटी हूँ ना।

तो मम्मी मेरे लिए किचन में ढोकला बना रही थीं। उसी समय पापा का फ़ोन आया। पापा ने मम्मी को कुछ कागज़ खोज के रखने के लिए कहा कि मेरे को वो कागज़ ले के सरकारी ऑफ़िस जाना है काम से। मम्मी कागज़ खोजने में लग गयीं। कागज़ अलमारी में खोजने के बाद किचन में गयीं। तब तक

मेरे को भी भूख एकदम ज़ोर की लग गयी थी। मैं दौड़ी-दौड़ी मम्मी के पास चली आई—''हो गया मम्मी... ?'' और जा के मम्मी से लिपट गयी। मेरे हाथ में उनकी साड़ी का पल्लू फँसा था और मैं उचक के गैस चूल्हे पर चढ़े बर्तन को देख रही थी। साड़ी मेरे हाथ में फँसने के कारण मम्मी घूम गयी और उनके घूमने से मेरा हाथ बर्तन के हैंडल पर पड़ गया अचानक...और बर्तन का गरम पानी पूरा मेरे ऊपर आ गिरा। एक पल को तो मेरे को समझ ही नहीं आया कि क्या हुआ...पर दूसरे ही पल तेज़ जलन से मैं एकदम ज़ोर से चीखने-चिल्लाने लगी, यहाँ-वहाँ दौड़ने लगी। मुझे ऐसे तेज़ी से चीखता-चिल्लाता देख मम्मी भी ज़ोर-ज़ोर से चीखने लगीं...। इसके बाद क्या हुआ मेरे को अच्छे से नहीं मालूम...बस इतना याद है कि मम्मी ने मेरी जलन कम हो जाए सोचकर तुरंत ठंडा पानी मेरे ऊपर डाल दिया था...खूब सारा! मैं तब भी भयंकर चिल्ला रही थी। मम्मी का चिल्लाना सुनके पड़ोस की आंटी भी आ गईं...। इसके बाद क्या हुआ मेरे को नहीं मालूम...। होश आया तो खुद को यहाँ पाया।

~

नाना और नानी तो मुझे देखने रोज़ ही आते हैं। पहले दिन से ही। मेरी पिंकी मौसी भी। आते हैं तो कुछ-न-कुछ लेके आते हैं...बिस्किट, टॉफ़ी, चॉकलेट...। नाना आते ही पूछते हैं—''और कैसी तबीयत है बेटा ?'' मैं बताती हूँ कि अब अच्छी हूँ नाना। देखो, अब मैं तो चलने लगी हूँ! तो नाना अपनी सफ़ेद झबरीली मूँछों सहित खुश होकर हँसते हैं। नाना-नानी मुझको बहुत चाहते हैं। जब भी मम्मी के साथ इनके घर डोंगरगढ़ जाती हूँ तो कितना प्यार-दुलार करते हैं। और पिंकी मौसी तो मुझे पल भर को भी नहीं छोड़तीं! उँगली पकड़ के पूरे मुहल्ले भर घुमाती रहती हैं, जाने किसके-किसके घर। सायकिल पर बिठा के अपनी फ्रेंड्स के घर भी ले जाती हैं...कभी चॉकलेट...कभी आइसक्रीम...। नाना का घर बहुत छोटा है। खपरैल वाला...मट्टी का बना...मुश्किल से दो कमरे हैं और किचन और लेट्-बाथ। फिर भी मेरे को इनके घर अच्छा लगता है। दादी पता नहीं क्यों हर समय इनसे चिढ़ी रहती हैं, जैसे इन लोगों ने उनका कोई बड़ा नुकसान कर दिया हो!

...दादा-दादी आज आ जाएँगे, ऐसा बता रही हैं मम्मी। कल वे लोग चले हैं तो आज पहुँच जाएँगे।

ये बहुत बड़ा हॉस्पिटल है और महँगा भी होगा। चार बार तो पोंछेवाली आंटी पोंछा कर जाती है, फिर दिनभर डॉक्टर, नर्स, कम्पाउंडर के चक्कर...। कभी मलहम, कभी इंजेक्शन, कभी दवाई तो कभी पट्टी...। यहाँ पड़े-पड़े बहुत अजीब लगता है। आस-पास के बेड वालों से बात करके मन बहला लेती हूँ। वैसे इस हॉल में खेलने का भी सामान है—बॉल है, लकड़ीवाला घोड़ा है, फ़र्श पर भागने वाला हैलीकॉप्टर है। मैं तो अब इनसे थोड़ा-थोड़ा खेलने लगी हूँ। डॉक्टर अंकल बोलते हैं, ''खेला कर। जितना ज़्यादा खेलेगी उतनी जल्दी अच्छी होगी।'' कल बोले, ''आशी, तू क्यों घर जाने की ज़िद करती है? तेरी मम्मी बता रही थीं। आज पाँच ही दिन हुए हैं...अभी दस दिन और रहना पड़ेगा तुझे। तू समझ ले तेरे को अभी से विंटर वेकेशन लगी है...स्पेशल वेकेशन! स्कूल की चिंता मत कर, वहाँ तुमको कोई कुछ नहीं कहेगा।'' मेरा तो मन बैठ गया—दस दिन! बाप रे! यहाँ तो एक-एक दिन इतना भारी है! कैसा तो अजीब सन्नाटा रहता है। कोई आवाज़ नईं। सिरिफ़ पंखे के चलने की...घर्र...घर्र...घर्र...। और नाक में हरदम दवाइयों की बदबू...अजीब-सी... नाम लेते ही मतली आती है। पर क्या करूँ?

लो, मेरे दादा-दादी आ गए!

''मेरी बेटी...मेरा बच्चा!'' दादा ने मुझको गले-से लगा लिया है। दादी भी पास बैठीं मेरे। पहले तो मैं दादी को पहचानी ही नहीं। क्योंकि यहाँ जो भी आता है हरे रंग का एप्रन डाल के आता है। दादी को देखा तो वो बिलकुल अजीब लग रही थीं—एकदम कार्टून फ़िल्म की कोई चुड़ैल बुढ़िया टाइप! मेरे को तो उनको देखके बहुत हँसी आ रही थी। पर दादी को देखो, तो उनका चेहरा आज भी कैसा कठोर...। दादा पूछने लगे—''क्या कर रही थी तू..? ऐसा कैसे हो गया?'' तो मैं उनको बताने लगी। वैसे मेरे से पहले मम्मी-पापा ने तो इनको सब बता दिया होगा, फिर मेरे से क्यों पूछ रहे हैं? इनको मम्मी-पापा के कहे पर विश्वास नहीं है क्या?

मैं बता ही रही थी कि दादी फटाक से बोलती हैं, ''अजी इससे क्या पूछते हो? ये तो बच्ची है। हम एक-दो रोज़ के लिए बाहर क्या गए...घर

में इतना बड़ा कांड हो गया! सारी ग़लती इसकी माँ की है! एक बच्ची है उसका भी तो ध्यान नहीं रख सकती! उसी की ग़लती के कारण ये सब हुआ है! वो तो है ही ऐसी!''

मैंने बताने की कोशिश की, ''अरे नई दादी, वो तो मेरे हाथ से बर्तन गिर गया था...।''

पर दादी कुछ सुनने को तैयार नहीं। बोलीं,''ये तो कहो भगवान ने चेहरे को बचा लिया! नहीं तो पता नहीं इस लड़की का क्या होता? सच बात ये है कि इसकी मम्मी की ही ग़लती है! जहाँ पानी गरम हो रहा है वहाँ बच्चे को भला कोई क्यों जाने देगा? उसी की ग़लती के कारण बैठे-बिठाए घर पर इतनी बड़ी मुसीबत आ गई! इतना खर्चा बैठ गया!'' जब दोनों निकले तो मुझको अजीब लगने लगा, क्यों आ गए ये दोनों? ज़रूर मम्मी को भला-बुरा कहेंगी। दादी तो वैसे भी मम्मी से बात-बात पर चिढ़ती रहती हैं।

बाद में जब मम्मी आयीं तो उनका चेहरा बिलकुल उतरा हुआ था...जैसे किसी ने डाँट लगाई हो। शायद थोड़ी देर पहले रोयी भी थीं। हमेशा हँसने वाली मम्मी आज ठीक से बात नहीं कर पा रही थीं...कुछ बात थी जो उनको खाये जा रही थी...भीतर-ही-भीतर...।

बाहर क्या बात हुई, मैं ये तो नहीं सुन सकी हूँ, पर लगता है, मम्मी को सभी ने इसीलिए बहुत डाँटा है कि वो मेरा ध्यान नहीं रख पातीं...एक छोटी बच्ची का। दादी को लगता है मम्मी ने जानबूझकर किया है...और दादी की बातों में आकर पापा भी यही समझने लगे हैं, अब वो भी मम्मी को डाँटने लगे हैं...। शायद तब मम्मी भी बोली होंगी, ''मैं अपने बच्चे के लिए ऐसा क्यों करूँगी? आप लोग ऐसा सोच भी कैसे सकते हो? इसको साल भर पहले जब डबल निमोनिया हुआ था तब कौन ध्यान रखता था?...मैं ही तो थी जो दिन-रात लगी रहती थी। वो सब कुछ आपको दिखाई नहीं देता?''

...ये सब मैं सुन रही हूँ...चार-चार दरवाज़े के पीछे से...कुछ नहीं सुनाई देने के बावजूद। जाने कैसे, पापा भी हमेशा दादी की बातों में आ जाते हैं, अभी तक सब ठीक चल रहा था, लेकिन दादा-दादी के आते ही पापा का रवैया भी मम्मी के लिए बदल गया है...मैं समझ नहीं पा रही हूँ, क्यों...?

इतना पक्का है कि मुझको लेकर घरवालों में कोई टेंशन चल रही है।

मम्मी बुझी-बुझी-सी रहने लगी हैं, पापा का मुँह जाने किस बात पर सूजा रहता है...मूड उखड़ा-उखड़ा...। क्या है यह साफ़-साफ़ मुझे भी नहीं पता। पर है। शायद इस महँगे हॉस्पिटल के इलाज के खर्चे को लेकर। जब से दादी आयी हैं तब से टेंशन है। आज यहाँ नौवाँ दिन है। डॉक्टर्स कह रहे हैं, ''यहाँ इसे अभी चार-पाँच दिन और रहने दीजिए। अभी इस स्टेज में हम पेशेंट को ले जाने की इजाज़त नहीं दे सकते।'' डॉक्टर्स अपनी राय पर कायम हैं। पापा तय नहीं कर पा रहे हैं, जबकि मम्मी चाह रही हैं कि नहीं, अभी रहने देते हैं, जब डॉक्टर्स खुद ही कह रहे हैं कि पेशेंट के साथ कुछ भी होगा, तो वो हमारी जवाबदारी नहीं होगी...। पापा चिंता में हैं। लेकिन उनके सामने अपना बजट भी है। शायद अस्सी हज़ार अब तक खर्च हो चुके हैं...वो आगे और खर्च नहीं करना चाहते...।

या शायद दादी का उन पर कोई दबाव है कि कोई ज़रूरत नहीं लड़की पर इस तरह...।

आज दसवें दिन आखिरकार पापा ने मम्मी से अपनी बात मनवा ली है। मम्मी को राज़ी होना पड़ा है। हॉस्पिटल के एक पेपर पर दोनों ने साइन करके दे दिया है...कि मरीज़ को हम अपनी ज़िम्मेदारी पर ले के जा रहे हैं...।

शाम को अस्पताल से डिस्चार्ज हुई। मैं इतने दिनों बाद बाहर की दुनिया में आयी हूँ...खुली हवा में...तो सब कुछ मुझे एकदम नया-नया-सा लग रहा है....लोग...दुकानें...सड़क...पेड़...नीला आसमान...सब! खूब अच्छा लग रहा है कि हम घर जा रहे हैं। पापा ने एक शॉप से मेरी पसंद की चॉकलेट खरीदी है। मैं बहुत खुश हूँ। पापा कार चला रहे हैं। पिछले साल दीवाली पर खरीदी थी। मम्मी के साथ मैं पीछे की सीट पर। पापा थोड़े अनमने-से हैं, लेकिन खुश रहने की कोशिश कर रहे हैं। पर मम्मी बिलकुल चुप हैं। एक तनाव...और अजीब-सी हताशा है उनके चेहरे पर...मानो बहुत लड़ने के बाद भी अपनी लड़ाई हार गयी हों। वो कुछ घबराईं, कुछ खोई-खोई-सी हैं। कार के शीशे थोड़े उठे हुए हैं जिनके पार से ठंडी हवा आ रही है, मेरे घुँघराले बाल उड़ रहे हैं। मम्मी मुझे अपने से सटाए उन्हें संवार रही हैं...। जाने क्यों, मुझे वो रह-रहकर चूम लेती हैं, अपनी बाँहों में समेट लेती हैं...कुछ ऐसे जैसे अगर उसने मेरा ध्यान नहीं रखा तो मुझको कोई उनसे छीन के ले जाएगा...।

❑❑❑

www.ingramcontent.com/pod-product-compliance
Lightning Source LLC
Chambersburg PA
CBHW051854130726
47987CB00002B/831